Sommaire

Références

1. Un chiffre romain, suivi de chiffres arabes : références au texte de *Candide*.

Par exemple, **XI**, 130-131/*95* doit se lire comme suit :

— voyez *Candide*, chapitre **XI**,

— aux lignes 130-131 de l'édition Pomeau (Nizet, 1979),

   ou bien

— à la ligne 95 de l'édition des Classiques Bordas.

2. La lettre B, suivie de chiffres arabes : références à la bibliographie placée à la fin de l'ouvrage.

Par exemple, B 4, *817-836* doit se lire : voyez le livre ou l'article signalé dans la bibliographie sous le n° 4, aux pages 817 à 836.

3. Le sigle IND renvoie à l'index placé à la fin de cet ouvrage.

4. Le sigle TAB renvoie aux tableaux de l'analyse du récit, pages 50 à 61.

5. Le sigle D suivi d'un chiffre renvoie à l'édition dite « définitive » de la *Correspondance* de Voltaire (B 8) et à la lettre portant ce numéro dans cette édition.

Candide sera peut-être en-
nuyeux en l'an 2200.

Stendhal[1]

Vraisemblablement, dira un
critique judicieux dans deux
mille ans d'ici, l'auteur n'avait
que vingt-cinq ans lorsqu'il
écrivit *Candide*.

Grimm[2]

1. *Rome, Naples et Florence* (1826), éd. du Divan, I, 186.
2. *Correspondance littéraire*, 1er mars 1759, éd. Tourneux, IV, 87.

Il y avait en Afrique du Sud un jeune garçon qui était très heureux de travailler dans les mines Vanderdendor and Corporation. Il s'appelait Bamboula depuis deux ou trois siècles. Il avait un grand sourire éclatant, etc.

Et ça s'appellerait : *Bamboula ou la Grandeur de l'Occident*.

Il y avait en Allemagne, dans la maison de Herr Doktor von Aryen, un jeune garçon tout blond qui s'appelait Jacob. Les vieux du village évoquaient encore gaillardement la belle Rachel sa grand-mère, qui dans son jeune temps avait trouvé si séduisante la fine barbiche du grand-oncle de Herr Doktor. On entendait souvent le grand Pandeutsch hurler à la radio que tout irait au mieux quand il aurait le pouvoir. Mais le petit Jacob n'écoutait pas très attentivement, car il aimait tendrement sa jolie voisine Fraulein Esther, etc.

Et ça aurait pu s'appeler : *Jacob ou le national-racisme*.

Il était une fois près de Novo-Goulagov, en Sibérie...
Il était une fois, en l'an 1987...

Ceci pour essayer de faire sentir le plus tôt possible, même approximativement, que *Candide ou l'Optimisme* est à lire comme une fausse fiction :

Il y avait en Westphalie, dans le château de Monsieur le baron de Thunder-ten-Tronckh, un jeune garçon...

Pour entrer
dans une fiction feinte

Il y avait en Westphalie...

Beaucoup des lecteurs de ce petit ouvrage auront déjà lu *Candide ou l'Optimisme* dans une situation scolaire, sans doute dans une perspective ou dans un cadre donné, et au moins comme un autre livre *à lire*. C'est en fait le type du livre *pré-lu*. Pré-lecture de l'école justement, avec ses risques de directivité et d'occultation. Pré-lecture aussi d'une certaine culture d'Epinal : c'est un (c'est le) « chef-d'œuvre » du « XVIIIᵉ siècle », des « Lumières », du « conte philosophique », de « Voltaire » — ces guillemets pour figurer le confort des savoirs tautologiques : « Voltaire » est ici naturellement « l'auteur de *Candide* », « le XVIIIᵉ siècle » aussi raisonnablement « le siècle de Voltaire », et *par conséquent* (dirait Pangloss), etc. Enfin, à partir du proverbial « jardin » de la fin, tout risque encore d'être lu *d'avance*. Au point qu'on croit lire, y arrivant : *Il faut cultiver son jardin* (ce n'est pas ce qui est écrit), comme on croit connaître le titre complet du livre après en avoir lu le début seulement, ou la fin au mieux d'un œil perplexe.

Il faudrait donc, si c'est possible, rouvrir la lecture aux jeux du texte et aux enjeux du sens. Lire ou relire, ce petit ouvrage ne visant qu'à y aider, *autrement* : avec la conviction que la lecture est une activité entièrement responsable, et qu'un livre se prête, pour *chacun* des lecteurs qui l'ouvrent, à tout le plaisir et tout le sens que *sa* lecture peut produire.

CANDIDE,

OU

L'OPTIMISME,

TRADUIT DE L'ALLEMAND.

DE

MR. LE DOCTEUR RALPH.

AVEC LES ADDITIONS QU'ON A TROUVÉES
DANS LA POCHE DU DOCTEUR LORSQU'IL MOURUT
A MINDEN L'AN DE GRACE

1759

Repartons de la page de titre.

Dans la version finale de 1761, elle présente trois niveaux : le titre du livre proprement dit (A) et l'indication d'origine (B), fixés dès l'édition originale de 1759; enfin la mention d'additions faites au texte (C) par rapport à cette édition de 1759.

En (A), on lit un nom de personnage et un nom en *-isme* :

une histoire (celle de ce « Candide ») s'annonce comme ayant à faire avec un système philosophique (celui de cet « Optimisme »). Dans un couplage aussi évident, immédiatement un jeu — « il y a du jeu » : « ça joue ».

Extérieurement conforme à l'un des grands archétypes en usage (*Cinna ou la Clémence d'Auguste, Zadig ou la Destinée* — deux ans après *Candide* : *Julie ou la Nouvelle Héloïse*, etc.), ce titre associe en fait, dans une lecture de 1759 ou de 1761 : un mot commun qui n'est pas encore nom propre, et un quasi-nom propre qui n'est pas du tout commun. Si le jeu est perdu pour nous, c'est justement l'un des effets du livre même, qui a immortalisé le personnage et popularisé la doctrine.

CANDIDE renvoyait, sans médiation aucune, à « candide » et à « candeur », aux sèmes de la bonne foi et de la parole sincère, de la pureté d'âme et d'intention, mais aussi à des connotations d'inexpérience, de crédulité, de naïveté : programme d'une certaine histoire, d'un certain regard et d'un certain discours. OPTIMISME, à l'inverse, connotait (sans doute assez vaguement pour la majorité des premiers lecteurs) la technicité, la complexité, la sophistication d'une phraséologie d'abord, et de vifs débats d'idées autour de la *Théodicée* de Leibniz (1710) et de ses continuations et gloses, avec pour enjeux les questions fondamentales de la création du monde, de l'excellence d'un ordre et de la transcendance d'un plan divin[1].

Ce qui s'annonce donc ici d'emblée, c'est une formidable guerre de discours et de voix, lapalissades et langues de

---

1. « Optimisme » ne dit plus, en 1987, que nos humeurs quotidiennes — l'optimisme raisonnable de M. le Ministre ou de la météo du week-end. L'« Optimisme » de 1759-1761 disait quelque chose comme *le Meilleur-mondisme* : « Tout a été créé par un Dieu bon pour le meilleur des mondes possibles, donc LE TOUT EST BIEN. » B 65 rappelle à ses lecteurs l'étymologie latine « *Optimus* = le meilleur » et explique la référence implicite à Leibniz.

bois. Enorme couac, et que soutient encore la dissonance de ce très anodin petit OU, qui insinue, entre l'adjectif et le nom, quelque oblique attribution grammaticale, et comme un recouvrement sémantique : « CANDIDE OU [candide est ?] L'OPTIMISME ». Risquons la transposition : « Nunuche ou le Leibnizianisme ».

En (B), c'est un autre jeu, mais dans la même tension des signes. Plausibles, sans doute, la provenance allemande et l'origine doctorale d'un « ... OU L'OPTIMISME ». Mais ces noms de « Candide » et de « Ralph » ? Ils sont d'une germanité plus qu'improbable. Et ce « Traduit de... » ? Il mime un usage éditorial et publicitaire du temps, mais c'est des Anglais, de Richardson et de leurs nouveaux romans qu'on était friand, pas des systèmes allemands — à moins que le fameux docteur, avec un tel nom, ne soit un Anglais ? ou bien, pour appeler son héros « Candide », un Français ?... Le slogan des best-sellers, ainsi détourné et retourné, provoque et distancie. Mais il distancie aussi sa propre mystification : fausse traduction, ce livre est une vraie nouveauté ; et faux traité savant, quelque chose comme un roman.

Déjouable aussi, de la même façon, la suppression du nom de l'auteur. C'est un pseudo-démenti : au style, aux scies du texte, à ce titre déjà peut-être, on le reconnaîtra bien — on le reconnut très vite, comme l'atteste une note d'un inspecteur de la police des livres[1]. Et c'est un pseudo-désaveu : faute de nommer « l'auteur de *La Henriade* » (lequel ne saurait s'abaisser à faire des contes), on fêtera « l'auteur de *Memnon* », « l'auteur de *Zadig* », etc. Bref le faux Ralph anglo-allemand n'est qu'une signa-

---

1. « Une mauvaise plaisanterie sur tous les pays et tous les usages, qui est indigne de l'auteur à qui on l'attribue, M. de Voltaire » : note de l'inspecteur d'Hémery datée du 22 février 1759, soit quelques jours peut-être, deux ou trois semaines au plus, après la sortie clandestine du livre. Pour le texte complet de cette note, B 4, *57*.

ture qui s'exhibe en se dérobant, non-lieu au lieu du nom.

A cette intense productivité des premiers signes, l'addition de 1761 (C) apporte de nouveaux éléments et de nouveaux rapports, avec une première élaboration narrative : l'histoire express de Ralph, expédiée en vingt mots. Des « additions » *confirment* la science du « docteur » (car les docteurs ont toujours plus à dire), sa triste fin (paradoxalement) son existence, et le lieu de sa mort sa nationalité : tout ceci, en fonctionnement conforme, pour les jeux de la fiction candide. Mais par rapport à l'Optimisme, au second degré, la « poche » se retourne burlesquement contre la dignité doctorale et doctrinale, et la naïve nudité du « lorsqu'il mourut » contre le jargon de l'-*isme*, puis contre « l'an de grâce » stéréotypé du providentialisme chrétien. Et l'irruption surtout, dans la fable Ralph, de l'événement Minden avec sa date — Minden « boucherie », des milliers de morts et de blessés[1] — achève de renvoyer le Meilleur des mondes et ses candeurs, le livre et sa lecture, et ces petits jeux mêmes, aux chocs d'un *réel* et d'une *histoire* en devenir. Logique absurde d'une fausse genèse qui s'autodétruit enfin : le nouveau *Candide* sort de l'ancien par la « poche » d'un mort retrouvé après la « boucherie », et le bon docteur « mourut » justement en y griffonnant encore des « additions » pour la plus grande gloire du *Tout est bien* — mais qu'allait-il faire dans cette bataille ? Reste bien sûr, au troisième degré, pour une autre lecture où la vie et la mort de l'auteur (Ralph, ou son traducteur, ou un certain Voltaire) n'ont plus guère de sens, la vraie question, celle des *fables* que

1. La bataille de Minden, dans cette guerre qui n'avait pas encore de nom et qui s'appela *de Sept ans* (1756-1763), eut lieu le 1er août 1759. Voltaire en eut le détail le 14 : « On a mené à la boucherie une armée florissante, on l'a fait combattre pendant quatre heures contre quatre-vingts pièces de canon » (D 8426).

les hommes inventent pour se raconter des histoires sur l'Histoire : c'est la fonction du titre de la produire.

La fonction de l'*incipit* est de reposer la question plus brutalement encore, dans l'énormité même de sa profération[1]. L'effet s'est perdu de cette inscription de la *Westphalie*, qui dérègle et désamorce le rituel *Il y avait*, et qui d'emblée, si l'on peut dire, dé-fabule la fable — sauf à renouveler le choc : « Il y avait à Soweto / à Auschwitz / à Verdun... » A partir de cette Westphalie réelle de 1759-1761, avec ses références immédiates dans une lecture historiquement située (Minden et d'autres événements, et leurs causes et leurs effets), quel conte merveilleux produire ? Temps et lieu jurent — comme les deux noms, juste après, du maître des lieux et du protagoniste. Dans un tel *lieu*, la fable ne peut longtemps *avoir lieu*. L'Histoire guette et gronde déjà dans un tel *incipit*, comme la bâtardise dans le passé de Candide, la tentation dans l' « appétissant » embonpoint de Cunégonde et la punition dans le tonitruant « Thunder-ten-Tronckh ». Tout est « joué » dans ces premiers mots, comme dans les premiers de la page de titre.

Il y a pourtant bien un *Il y avait*, mais déjà gros d'un second *incipit*. Six paragraphes le développent et semblent l'éterniser dans cet imparfait des fables à l'abri de l'histoire : c'est le *Il y avait* de l'Optimisme, des contes pour rire de M. le Baron, des oracles du docteur Pangloss et du monologue fasciné du petit Candide avec ses quatre « degrés de bonheur ». Fiction posée comme langagière dans le langage de la fiction : « Il fallait *dire* que tout est au mieux » (I, 61/*39*).

---

1. On suit ici l'ordre de la lecture dans la version finale du texte ; dans l'ordre de la genèse, l'addition (C) de la page de titre est *postérieure* à l'*incipit* de 1759 — elle en est donc, en fait, une sorte de réécriture dans le code « page de titre », quelque chose comme un « Il y avait à Minden un docteur... ».

Pour que l'histoire (en tous sens) advienne, il ne faut donc pas seulement que Cunégonde se promène et s'éloigne un peu du « beau château », qu'elle aperçoive en action la « raison suffisante » du docteur (ce « vit » que le verbe redouble dans le refoulement du nom), et qu'elle en conçoive des idées et des désirs; il faut qu'au *dire* du *Tout* (donc à Pan-gloss) s'oppose un *contre-dire*, et ce dans le texte et non dans l'anecdote, et que se ré-inscrive dans la lecture l'écart de *Minden* au titre et de la *Westphalie* à l'ouverture. A la jointure même des deux *incipit*, l'effet se renouvelle, avec un troisième refus des langages tout faits, en l'occurrence la distanciation de l'idiome local : « dans le petit bois qu'on appelait *parc* » (I, 73/49). Candide doit désormais se retrouver seul avec ses *Il y avait* devant les *Un jour* de l'Histoire[1].

Peut-être entrevoit-on, à travers cette analyse du dispositif inaugural, une sorte de contrat de lecture. *Candide* est tout le contraire d'une œuvre à thèse : une sorte d'essai sur la créance et la fable — et donc sur la lecture aussi. L'histoire qui s'y raconte se trouve d'entrée de jeu, on le voit, affichée comme fiction, le texte se consommant à mesure dans l'opération même de ce fictionnement. Inutile donc de « capitaliser » sa lecture en attendant l' « intérêt » final d'un sens révélé : il faut la jouer et la risquer dans cette relation active et réactive avec le texte, dans ce travail d'une lisibilité elle-même en procès.

---

1. On a laissé de côté, par commodité, le titre du chapitre I, interposé entre couverture et ouverture, et dont la double annonce précarise à l'avance la fable du « beau château » : on reviendra sur ce phénomène de la prévisibilité de l'histoire racontée.

Contextes

*Il faut avouer que M. de Voltaire n'a point
manqué le mérite de l'opportunité[1].*

On peut problématiser, pour lire *Candide*, un certain
nombre d'articulations contextuelles, forcément liées entre
elles, qui coordonnaient à l'origine le premier travail du
texte.

1 / *L'articulation historique*

1755-1758 : années troublées, années terribles. Cette vue
n'est pas rétrospective : les contemporains en parlèrent
ainsi. Un homme aussi raisonnable que le marquis d'Argenson, ancien ministre et observateur attentif des évolutions de « l'esprit public », confie à ses *Mémoires* des
frissons de fin du monde — la sensation d'une « subversion » cosmique[2]. Un prince d'Allemagne imagine de son
côté qu'un siècle commencé en « belle nymphe » pourrait
se terminer « en affreuse queue de poisson » (D 7116).

Séismes en série, en France, en Afrique, en Allemagne,
après l'épouvantable désastre de Lisbonne (1er novembre 1755). Hostilités, puis guerre ouverte (1756) entre les
deux superpuissances du temps, l'Angleterre et la France :
« guerre mondiale » avant la lettre, bientôt étendue à
presque toute l'Europe par le jeu des alliances, aux Amé-

---

1. B 69, *97*. « Opportunité » s'entend par rapport aux conjonc-
tions Histoire/Optimisme et Optimisme/Conte : « Les gens du monde
se garderont bien de prêcher l'Optimisme, en ces temps où certes ils
n'auraient pas les rieurs de leur côté. »
2. *Mémoires du marquis d'Argenson*, éd. Jeannet (Paris, 1858),
IV, 246.

riques et aux Indes par ses prolongements coloniaux. Attentats contre des monarques (Paris, janvier 1757 ; Lisbonne, septembre 1758). Instabilité des trônes, des pouvoirs, des frontières, des rangs : un Ordre menacé.

Ce grand branle de l'Histoire n'est pas ici désigné obliquement, dans une fiction sirienne ou syriaque, avec des distances ludiques d'espace et de temps — du côté de *Micromégas* ou du *Taureau blanc* ; il s'inscrit à vif et à chaud dans le texte : c'est l'effet premier de l'*incipit*, qu'on a voulu restituer au tout début de ce petit livre. Tout le récit est comme saturé des violences et des horreurs du temps (IND, « Historicité »). Pour les dire ou pour les dépasser ? Pour les « conter » ? Pour les « philosopher » ? Un autre Ordre serait-il en jeu ?

2 / *La relation à l'Optimisme*

Autre articulation première : elle joue dès le titre. On a rappelé comment le mot faisait sens, bien autrement que de nos jours ; on a repéré aussi, dans la fable du docteur Ralph tué à Minden, l'inscription problématique de tensions et de conflits entre idéologie et réalité.

Fondamentalement, l'Optimisme ne paraît pas visé dans *Candide* comme théorie du monde créé, mais comme théologie de l'histoire, comme discours d'un gouvernement divin des choses, et donc comme interdit d'une histoire humaine en devenir. C'est dans l'Allemagne de Leibniz et de Wolff, au foyer même des puretés doctrinales, que sévissait depuis deux ans la guerre la plus destructrice des temps modernes : le saccage du « beau château » mime cette ironie de l'histoire. Mieux encore, par une conjonction étonnante, mais clairement attestée, c'est dans ces mêmes années que le système du Meilleur des Mondes passait des traités aux gazettes et de la bibliothèque au salon. Nébuleuse

idéologique dès l'origine — à la fois rationalisation de
dogmes chrétiens et modèle d'un cosmos ordonné par la
nouvelle science —, sa docte phraséologie en venait à
couvrir les vieilles superstitions de la fatalité et de l'impuissance. Il faut lire, dans la correspondance de Voltaire,
les lettres qu'il recevait de son amie la duchesse régnante
de Saxe-Gotha, remplies du feu et du sang des batailles,
et toujours bénissant la Providence — transpositions larmoyantes des leçons wolffiennes auxquelles elle rêvait
même de convertir son grand homme (D 7541). Et il faut
lire aussi, dans les réponses rudes et tendres, le refus de
pactiser avec l'horreur : « Voylà déjà le quart de Prague
en cendres. On ne peut pas dire encore *tout est bien*,
mais cela ne va pas mal ; et avec le temps l'optimisme sera
démontré » (D 7297). C'est par ignorance que l'on préjuge
que Voltaire n'a rien compris à Leibniz : il vaudrait
mieux ouvrir sa *Métaphysique de Newton* ou ses *Lettres
de Memmius à Cicéron*. En 1756, son *Poème sur le désastre
de Lisbonne* portait encore au titre : « ou Examen de cet
axiome : *Tout est bien* »; et des notes, en effet, sous les
vers, balisaient le champ problématique de la dispute.
Plus d' « examen » cette fois, plus d' « axiome », plus
de dispute : le cri des faits et des slogans. De « métaphy-
sico-théologo-cosmolo », l'Optimisme était devenu entre-
temps « nigologie » (I, 42/*25*) : c'est ce poissement de
l'idéologie, ce confort intellectuel que *Candide* prend en
compte.

3 / *L'inscription « Lumières »*

Il y eut aussi, au XVIIIe siècle, un Optimisme laïcisé, une
sorte d'euphorie de l'histoire, par où le mot glissait vers
ses acceptions actuelles. Toute l'œuvre des « philosophes »
s'ordonne à la postulation d'une perfectibilité de l'homme

et d'une extensibilité de la civilisation — d'un progrès des « Lumières » : métaphore matricielle de la conscience d'une époque[1].

Or *Candide* fut écrit et publié dans une conjoncture difficile à cet égard : comment dire les « Lumières » quand l'histoire paraît piétiner, ressasser, régresser ? A l'entre-deux-guerres 1748-1756 avait correspondu une certaine ouverture réformiste; la guerre de Sept ans donna lieu à une remobilisation autour des valeurs d'orthodoxie : le Saint-Empire et la « monarchie très-chrétienne » combattaient les Anglais, protestants et régicides, alliés à l'athée Frédéric II de Prusse. Dès 1757, une grande campagne dévote dénonçait les « philosophes » en France, généralement anglophiles et admirateurs du grand Frédéric, comme des ennemis du roi et de Dieu : des « Cacouacs » — c'est l'une des figures fondatrices de « l'ennemi intérieur ». En 1760, ils furent ridiculisés sur la scène dans une comédie autorisée et protégée (*Les Philosophes*, de Palissot) et publiquement pris à partie dans l'un des principaux lieux d'appareil (discours de réception de Lefranc de Pompignan à l'Académie française). L'*Encyclopédie*, qui manifestait depuis 1750 l'influence des valeurs nouvelles, et qui pouvait même symboliser (par la fierté de sa dédicace à un ministre et par le « privilège royal » de son impression — une sorte de « label » officiel) l'hypothèse d'une modernisation du royaume de France, fut arrêtée en 1758, puis interdite

1. Les spécialistes du XVIIIᵉ siècle continuent d'appeler « Lumières » tout à la fois une structure de représentations et de valeurs, manifestée par les écrits des « philosophes » du temps, et une dynamique d'influence et de pouvoir articulée à des groupes sociaux solidaires de cette « philosophie ». L'ici-bas comme autonomie, le bonheur comme droit, l'histoire comme accomplissement humain, l'utilité sociale comme mérite, le savoir comme progressisme, la conscience comme norme morale, la propriété comme civisme, etc., de telles idées forces peuvent s'analyser comme médiatisant les intérêts et les ambitions des « classes moyennes » (le « moyen ordre », dit Voltaire) du tiers état.

en 1759. D'où la défection de d'Alembert, s'ajoutant à la spectaculaire dissidence récente de Rousseau, et une grave divergence entre Voltaire et Diderot : Voltaire, lui-même objet d'attaques, comme « oracle des nouveaux philosophes » (c'est le titre d'un pamphlet de 1759), et soumis à des manœuvres de désolidarisation, avait préconisé d'emblée une sorte de grève des « Encyclopédistes », une retraite tactique provisoire tendant à forcer les verrouillages de l'histoire (D 7561, D 7564, D 7592, D 7608, D 7618); Diderot, resté seul « directeur » de l'entreprise, et contraint à plus de réalisme, préféra poursuivre la bonne œuvre, sous la surveillance renforcée des censeurs, dans une semi-clandestinité humiliante (D 7641 et D 7653).

Candide ne réfère pas à cette crise des « Lumières », mais l'intériorise si l'on peut dire, la problématise dans ses tensions internes. Texte de recentrage, d'autocritique peut-être aussi, qui pourrait dire l'inachèvement des « Lumières » et l'obscurité des temps, la nécessité mais aussi la difficulté du travail à accomplir — jusqu'à faire l'éloge des sauvages Oreillons (XVI) plus « naturels » dans leur anthropophagie que les armées civilisées qui s'entretuent sans se manger. En 1766, la *Correspondance littéraire* constatera : « Ah! que l'aurore tarde à paraître! » : cela pourrait être le sous-titre d'un récit dont le héros finit, non pas roi et philosophe comme Zadig, mais jardinier sans royaume, aux marges d'une civilisation si fragile[1].

4 / *Le rapport au système littéraire*

Il ne faut pas partir du « roman philosophique » ou du « conte philosophique » pour aller vers *Candide*, car ce

---

1. Il faut noter cependant que la version révisée du chapitre XXII, publiée en 1761, réactive le militantisme du texte, avec la provocante démystification de Paris, fausse ville-Lumières, et des attaques très directes contre les antiphilosophes.

sont là des types construits *a posteriori*, sans statut générique dans le système littéraire du temps. « Contes philosophiques », c'était encore en 1765 un titre accrocheur, bon pour un petit recueil à la mode, avec une préface pour doubler la provocation (La Dixmérie, *Contes philosophiques et moraux*); quant à « romans philosophiques », l'expression était dans l'air à la date de *Candide*, mais sans référence ni valeur stable : elle n'est d'abord attestée que dans les revues d'actualité littéraire. C'est à partir de 1771 que l'une et l'autre étiquette furent appliquées aux fictions en prose de Voltaire, lorsqu'on s'avisa de les regrouper dans une section spéciale de ses œuvres complètes. Encore les éditeurs successifs mettaient-ils aussi bien « romans » que « contes », et souvent les deux (le doublet a prévalu dans la tradition éditoriale), en ajoutant « allégoriques » aussi bien que « philosophiques » (le second terme s'est imposé seul dans la tradition critique et scolaire); et à l'occasion, tel récit aujourd'hui inclus dans le corpus *Romans et contes* restait rangé parmi les « Mélanges », rubrique plus classique, et d'une élasticité fort commode. Dans ses lettres, au moment de la parution, Voltaire appelle *Candide* « un petit roman » (D 8158) ou plus vaguement « une espèce de petit roman » (D 8239), mais aussi, en deçà de toute nomination, « une plaisanterie » (D 8148), voire « une coïonnerie » (D 8187); les premières recensions parlent de « roman », de « conte », de « farce », et souvent s'abstiennent. On croit deviner que l'alliance de « roman/conte » et de « philosophique » connota longtemps une modernité un peu facile, dans le style journalistique et publicitaire; les commentateurs institutionnels l'évitaient encore à la fin du siècle, préférant marquer autrement l'idée : « M. de Voltaire » a su « faire passer des leçons utiles » en prenant un « masque », il a réuni « Minerve » et « Momus », il a « fait rire la philosophie », etc.

Deux facteurs contextuels importants sont ici en jeu.

D'abord la prégnance du système dit classique, très forte encore au milieu du siècle, avec sa typologie et sa hiérarchie des formes et des styles. Le récit épique, l'épître narrative, le récit de théâtre, le récit historique avaient leurs références et leurs règles, et chacun son statut, sa valeur d'institution. Pour le reste, romans, contes, nouvelles, genres sans grands modèles, sans règles sûres, sans rhétoriques constituées, c'était certes le secteur le plus actif de production et de consommation, le seul d'ailleurs où s'élaboraient des mutations de pratiques, mais par là même ces autres récits se trouvaient hors de l'ordre reconnu — au mieux à la marge, pour le « roman » de *Télémaque* par exemple, pensable comme « poème en prose ». D'où, dans le succès même, les désaveux forcés de « l'auteur de *Candide* », alors que « l'auteur de *La Henriade* » pouvait avouer *Gertrude* et *Ce qui plaît aux dames*, contes *en vers* donc admis vers le bas du Parnasse. D'où aussi le flottement des indexations génériques et l'embarras des commentaires : Voltaire en Romancie, c'est un peu Sartre aventuré dans la BD. D'où surtout, dans l'écriture même de ce « petit roman », les jeux divers de la distanciation, et comme un effet général de roman *travesti*.

Autre facteur de jeu dans cette articulation littéraire : l'antinomie profonde de la « philosophie » et de la « fable ». La « philosophie », telle qu'elle se veut et s'écrit alors, c'est précisément la critique des « fables », des fausses vérités reçues comme vraies; le « philosophe », c'est celui dont la raison refuse de s'en faire accroire, de s'en laisser *conter*. Pourquoi donc et comment conter à l'âge des « Lumières »? Sur le frontispice de l'*Encyclopédie* même, dans cette sorte d'Epiphanie des « Lumières » où la Vérité se dévoile enfin, entourée du nouveau clergé des Intellectuels et adorée de l'humanité profane, on voit pourtant aussi l'Imagination : une couronne de fleurs à la main, elle doit rendre la Vérité aimable. C'est qu'il faut concéder au temps, fixer les esprits frivoles, aguicher l'oisiveté des mondains, donner à penser même aux « liseurs » de romans. Il peut donc exister des « fables de philosophes » à côté de celles des « imposteurs », et qui soient « philosophiques » aussi pour « ceux-mêmes qui haïssent les romans »[1]. A deux conditions cependant. Elles doivent dénoncer les fables aliénantes, les « contes » pour faire rire les opprimés (I, 31/*16*), les « leçons » des faux oracles (I, 40/*23*), les « romans » de la théologie oppressive (XXII, 168/*124*), etc. Et se désigner elles-mêmes comme fables, mettre « Ralph » au titre, et pour ainsi dire se dé-fabuler à mesure : viser la fin de la Fable.

A cet égard, *Candide ou l'Optimisme* est peut-être la plus exemplaire des « fables de philosophes », s'il est vrai que pour dire le travail des « Lumières » dans l'Histoire, elle dit aussi l'Optimisme comme un « roman » sur le monde, et la créance trop facile comme un leurre de la candeur[2].

Bibliographie. — Sur le moment historique : B 2, *7-25* et B 19, t. 3. — Sur l'Optimisme : B 1, xxii-xxxiv, B 18, B 37, B 54 et B 62. — Sur le « conte philosophique » comme compromission de la raison : B 28. — Arrière-plan général : B 18. — Lecture synchronique d'une « crise » des « Lumières » autour de 1758-1760 : *Le Neveu de Rameau* de Diderot.

1. La première citation est de *L'Ingénu* (1767), chap. X, la seconde de l' « Approbation » fictive placée en tête de *Zadig* (1748). Toute l'œuvre de fiction de Voltaire peut être lue comme une « mythologie » de la Fable : « Les contes que l'on pouvait faire à la trisaïeule de ma grand-mère ne sont plus bons pour moi qui ai lu l'*Entendement humain* d'un philosophe égyptien nommé Locke » (*Le Taureau blanc*, 1774, chap. IX).
2. Dans *Il faut prendre un parti* (1772), Voltaire place l'Optimisme parmi « les romans inventés pour deviner l'origine du mal ».

« *Voltaire — au fond grand homme et peu voltairien* »[1]

C'est faux, un portrait[2].

Une vie, une œuvre : œuvre de mots, d'encre et de papier, œuvre de vie aussi. Mais de l'une à l'autre, et en tous sens, les rapports sont tellement complexes, tellement improbables, à bien y penser, que pour en donner quelque idée, selon ce qu'on en croit savoir, la note, la trace ou le fragment pourraient bien être plus exacts que le discours ou le portrait.

Qui était cet homme qu'on appelle Voltaire ? Où en était-il de sa vie ? Ecrire *Candide*, dans cette vie et pour cet homme, quel sens cela pouvait-il avoir ? Les notes biographiques qui suivent restent en deçà des réponses, pour favoriser plutôt le va-et-vient des questions au texte. La pire des choses en pareille matière est probablement le raisonnement pseudo-déterministe, le biographisme à la Pangloss expliquant et justifiant les faits après coup — « Car enfin, si vous n'aviez pas... » (XXX, 173/*130*).

En 1759, Voltaire eut soixante-cinq ans. La jeunesse, la pétulance de *Candide* étonnent — et étonnèrent : Grimm, par exemple, dont on a lu la boutade en ouvrant ce livre. Il allait vivre et écrire encore près de vingt ans. Il resta toujours extraordinairement vivant, lucide et passionné. En

---

1. Verlaine, « Notes sur la poésie contemporaine » (février 1893).
2. Nathalie Sarraute interviewée par François-Marie Banier, *Le Monde des livres*, 15 avril 1983 — « Tout ce qu'on dit sur nous, presque toujours nous surprend... »

mourant, il laissait trente volumes d'une édition de ses œuvres corrigés pour une nouvelle édition, et un plan pour la lettre T du dictionnaire de l'Académie.

A soixante-cinq ans, il se trouvait plutôt heureux, si l'on en croit des notes qu'on appelle ses *Mémoires*, rédigées la même année que *Candide*. Indésirable en France, il venait d'assumer enfin, réellement, physiquement, une très longue dissidence de mal-pensant : ce fut cela, l'achat de Tournay et de Ferney, restes privilégiés d'anciens démembrements territoriaux (octobre-décembre 1758). Adossé à une œuvre immense et déjà classique, maître des grands genres, nouveau Virgile et digne émule de Corneille et de Racine, mais aussi introducteur de Newton en France, initiateur d'une nouvelle histoire, et l'un des plus formidables remueurs d'idées et d'émotions de tous les temps, il était entré déjà tout vivant dans l'immortalité — on disait quelquefois « le siècle de Voltaire ». Diderot en le désapprouvant lui donnait du « cher Maître » (D 7641) et Rousseau du « grand homme » en le critiquant (D 6973). En 1758, on mit le portrait de M. de Voltaire dans la grande salle de l'Académie française.

Voltaire ou l'homme qui aimait faire des contes : plaisir au jour le jour, attesté par des dizaines de traces et de témoignages. A table ou au salon, en visite, à la veillée, des anecdotes, des histoires, des apologues — et même en affaires : « Un homme si voltigeant... », gémit le président de Brosses, qui lui vendit Tournay (D 8027). Sans compter les récits improvisés derrière la lanterne magique, où il excellait, technique un peu fruste pour l'œil, mais riche des raffinements de la voix : une sorte de projecteur à BD[1]. Voltaire prenait l'accent savoyard, l'accent gascon, l'accent tudesque, et plume en main le style

1. Pour le récit d'une soirée de lanterne magique, voir D 1681.

et le personnage du père noble, ceux du casuiste, du notaire, du prédicant, du loustic de régiment — « Je suis grandement ébahi, monsir, de sti roi... » (D 7823). *Candide* a quelque chose de cette parole-écriture, et comme un régime d'oralité — ce fut d'ailleurs sans doute, au moins en partie, un texte *dicté*. Avant *La Henriade*, c'est apparemment par des contes (*Cosi sancta, Le Crocheteur borgne*) que Voltaire était entré en littérature; à l'âge des bilans, des lauriers, des portraits, il gardait la même facilité au jeu. La même inaptitude aux gravités pontifiantes, le même désir de plaire et de se plaire : « Je joue avec la vie » (D 7955).

Très riche et très indépendant. Il écrit dans ses *Mémoires* qu'il a toujours voulu la richesse pour ne pas être une enclume sur laquelle des marteaux frappent — et sans doute aussi une plume méprisée des blasons. « Ce simple particulier » qui fait l'aumône au pauvre roi Théodore à Venise (XXVI, 110-116/*80-85*), c'est un peu Voltaire, créancier de plusieurs princes d'Allemagne et de quelques ducs et pairs de France. Fortune colossale, patiemment capitalisée, produit de placements, de dividendes, de rentes, et finalement investie en terres. « Tâchons d'acheter un château » (D 7826) : il eut Ferney pour cent trente mille livres, Tournay pour trente-cinq mille, le tout correspondant à trois ou quatre années de revenus dans une famille de bonne et riche noblesse. Avec ces terres, des titres : seigneur de Ferney, comte de Tournay, dérisoires auprès d'une caution sur l'éternité, mais utiles, et même au développement de l'œuvre, comme signes d'un vrai pouvoir de liberté : « Je dis ce que je pense et fais ce que je veux » (D 7636). *Candide* est une œuvre gratuite (ou luxueuse, comme on voudra) : sans la moindre visée d'intérêt, de faveur, d'ambition.

1753-1758 : années décisives, si ce mot a un sens dans une vie. Voltaire les résume volontiers dans ces lettres bilans dont on trouvera plus loin les références. Dans ses *Mémoires* encore, cette formule superbe : « Après avoir vécu avec des rois, je me suis fait roi chez moi. » Tournant d'une existence : de la Cour au Jardin. Les attaches royales rompues, l' « historiographie » française, la « chambellanie » prussienne, ce fut aussi la liquidation des vieilles chimères d'une réforme intérieure de l'ordre, le choix d'une marginalité plus libre et plus agissante. Après les errances et les disgrâces, il trouvait mieux qu'une nouvelle retraite forcée : un refuge d'abord, mais arrangé en « Délices », puis ce premier véritable chez-soi, cet enracinement terrien, ce territoire. Après la solitude personnelle, une nouvelle convivialité, avec Marie-Louise Denis, sa nièce et sa maîtresse : autre engagement, et qui orientait aussi l'avenir. Après les doutes et les désarrois, la santé raffermie, la régénération des énergies. Tous les visiteurs des Délices ont observé et raconté cette nouvelle aptitude aux plaisirs et aux projets, cette sorte de ressourcement du vieil homme — « On ne peut le résoudre à quitter de vue son jardin qu'il aime passionnément » (D 7750). Dans sa trajectoire générale, entre un château en Allemagne et cette retraite dans une banlieue de l'Europe, l'histoire de Candide investit peut-être ludiquement quelque chose de la redistribution d'un espace de vie.

Indésirable à Versailles et à Paris, mais partout, et même là, en esprit, *désiré*. Car Voltaire fut réellement en son temps une conscience et une puissance intellectuelle et spirituelle : le principal « objecteur » des fanatismes et des archaïsmes idéologiques, le principal « médiateur » de mutations et d'évolutions pressenties, espérées ou redoutées, et déjà en voie d'accomplissement, dont son œuvre était reçue comme la trace et l'annonce. Plume en main, un contre-pouvoir : « Moi, j'écris pour agir » (D 14117). Désiré donc, en France et dans la francophonie des frontières (Flandres, Rhénanie, Suisse), mais aussi à Gotha et à Bayreuth, à Londres et à Vienne, à Berlin et à Saint-Pétersbourg : les élites européennes parlaient, écrivaient et lisaient alors le français. C'est le paradoxe de cette marginalité où entrait le vieux Voltaire : par son œuvre, il restait au centre. D'où l'espèce de principat et de tribunat philosophique qu'il allait exercer jusqu'à la fin de sa vie, en devenant la voix du « siècle des Lumières » : le non-lieu de la marge en amplifiait même le retentissement. *Candide* est ce discours d'un homme qui, d'un ailleurs à la fois proche (une frontière centrale) et lointain (son immortalité), embrasse le vaste monde et les temps présents, et peut parler haut et fort.

A l'approche d'une troisième année de guerre, Voltaire mettait son atlas à jour, avec les cartes récentes des fronts les plus actifs : « Je veux avoir la terre entière présente à mes yeux dans ma petite retraite, et tandis que je me promène des Délices à Ferney et à Lausanne, je veux que mes yeux se promènent sur la Lusace et sur la Bohême, sur Louisbourg et sur Pondichéry » (D 7965). C'est dans cet espace ambigu que *Candide* a été écrit, dans la conscience divisée de l'intellectuel à la fois concerné et impuissant, entre des « Sauve qui peut ! » et des « Malheureux Leipzig ! Malheureux Dresde ! »[1]. Voltaire a parlé quelque part de « la question que nous faisons tous dès l'âge de quinze ans : Pourquoi y a-t-il du mal sur la terre ? »[2]. L'actualité ravivait la question, et dans l'ironie des conforts optimistes. Mais il ne faut pas l'imaginer plongé dans

---

1. La première formule est un leitmotiv de la correspondance entre 1756 et 1761 ; la seconde expression est dans D 7954.
2. *La Philosophie de l'histoire* (1765), section VI.

des méditations moroses ou des contemplations cyniques. La correspondance témoigne d'une activité intense au service de la paix, de médiations insinuantes entre Berlin et Versailles, de démarches pressantes en faveur de l'amiral anglais John Byng sacrifié aux démagogies bellicistes ; elle atteste aussi, dans l'échec, l'acuité du regard, l'anxiété des nouvelles, la réactivité nerveuse aux événements. Elle dit surtout les investissements symboliques d'un bonheur privé, « honteux » de soi, mais pleinement assumé, au milieu des malheurs publics, comme un témoignage et une responsabilité, comme l'affirmation provocante d'un ordre humain des choses contre les fatalismes sacrés de la compensation ou de l'expiation — « La terre a plus besoin d'être cultivée que d'être ensanglantée »[1]. Un *Candide* réactualisé en 1987 aurait peut-être quelque chose d'un rapport d'Amnesty International revu par Bedos ou Desproges.

Ecrire *Candide*, le donner à lire, cela intervenait donc dans un certain horizon d'attente. Curieusement, dans la correspondance encore, on croit lire des sortes d'appels tournés vers le « grand homme », comme s'il allait, de sa retraite — observateur, historien, philosophe — dire le sens ou le droit, au moins *parler*. La duchesse de Saxe-Gotha lui recommande, en répétant que « Tout est bien », de travailler pour la postérité à des « tableaux » de ces temps bouleversés (D 7541). L'Electeur palatin et le comte Schouvalov, favori de l'impératrice de Russie, voudraient connaître ses commentaires à chaud sur « l'état présent

---

1. D 7743, à la duchesse de Saxe-Gotha, 26 mai 1758. Des aveux de mauvaise conscience s'échappent des « Délices » (D 7758, D 7864, D 8562), mais dépassés par l'engagement du « jardin » : « Les Russes arrivent enfin en Poméranie. Pour moi, j'ai deux semoirs admirables » (D 8319). Jusqu'à cette inversion grinçante de la figure théologique de l'expiation : « J'expie autant que je peux par les plaisirs les barbaries dont j'attends les nouvelles » (D 8470).

de l'Europe » (D 7116 et D 7531). Le roi de Prusse l'engage à dresser « le catalogue de la méchanceté et de la perfidie » des princes (D 7373), à fustiger « les sottises qui se font dans notre bonne Europe » (D 7707). Rousseau même, dès la parution du *Poème* de Lisbonne, lui a proposé pour dernier ouvrage de méditer, au bénéfice des consciences modernes trop troublées, une sorte de « Code » de morale civique (D 6973).

« Il y avait en Westphalie... » : et si *Candide* répondait, entre autres, à toutes ces attentes ? Réponse, non d'un « grand homme », ni d'un « voltairien » bien sûr, en dépit du dilemme de poncifs posé plus haut en épigraphe, mais de l'homme Voltaire dans les divers engagements de sa vie et de son œuvre.

Bibliographie. — Sources directes : B 10 et B 8. Dans la correspondance, deux séries vedettes : celle des lettres bilans de Voltaire lui-même vers cette date (D 6687, 6856, 7152, 7619, 7636, 7840, 7875, 7888, 7969, 7976, 7995, 8004, 8055) et celle des « reportages » de tiers après leur visite au « grand homme » (D 6253, 6303, 6390, 6562, 6646, 6797, 6806, 6997, 7430, 7480, 7517, 7518, 7588, 7704, 7784, 7998, 8027). — Sur le moment biographique : B 2, *7-25* ; B 34, *250-281* (récit inégalement informé et très assombri) ; B 19, t. 3.

Genèse et publication

Il faut avoir perdu le sens pour m'attribuer cette coïonnerie.

(D 8187.)

Le dossier de la genèse est léger en certitudes et chargé d'hypothèses; l'étude des « sources » est même proliférante : une métaphysico-candidologie. De même les recherches sur l'original, sur les réimpressions et l'effet de best-seller, passionnantes pour l'historien du livre, sont assez techniques. Il faut simplifier ici, en renvoyant pour de plus amples détails aux compléments bibliographiques.

1 / *Le manuscrit « La Vallière »*

On dispose d'une copie de travail : une mise au net, de la main d'un secrétaire de Voltaire et revue par lui, d'où des corrections et additions autographes. Retrouvée en 1959, bien exploitée depuis, on l'appelle « manuscrit La Vallière », du nom d'un ami de Voltaire, grand bibliophile, qui la conserva. On y trouve plusieurs versions du chapitre XXII encore en chantier, et un état incomplet du chapitre XIX, avant insertion de l'épisode dit « du nègre de Surinam » (26-64/*18-48*). On y suit aussi les menues recherches de la clarté et de la concision, les attentions de l'euphonie, l'essai d'un nom propre (« Issachar » préféré à « Ourdos »), le mouvement d'une transposition (« dans le cul », passé de III, 44/*31* à IV, 48/*33*), etc. Travail et plaisir encore à l'œuvre. On songe à la modeste définition que Voltaire donna un jour de sa « vocation » : « un homme de lettres, un ouvrier en paroles, et puis c'est tout » (D 5779).

Mais ce précieux avant-texte n'est pas daté, ni datable avec certitude. Aucun autre brouillon, aucun canevas n'est connu par ailleurs; et on ne trouve aucune référence au travail préparatoire, ni dans la correspondance, ni dans les *Mémoires*, ni dans les carnets de l'écrivain, ni dans la documentation biographique immédiatement contemporaine — pas la moindre allusion.

2 / *Janvier-février 1759 : la publication*

Pour la publication, les faits sont mieux connus. C'est à Cramer, imprimeur à Genève, son éditeur attitré depuis son installation aux Délices en 1755, que Voltaire confia l'impression de *Candide*. Mais il apparaît que Cramer recourut à la pratique de la codiffusion, l'une des parades alors en usage contre la répression des ouvrages interdits ou clandestins : ses registres professionnels, conservés, indiquent deux expéditions, de mille exemplaires le 15 janvier 1759 à un confrère parisien, de deux cents exemplaires le 16 à un confrère d'Amsterdam, alors que les premiers indices de la sortie effective du livre, liés (comme souvent à l'époque) aux opérations de surveillance et de police, sont concomitants, autour du 25 février, entre Paris et Genève. On conclut sans difficulté à un lancement synchronisé, en trois lieux au moins, vers la mi-février. Les premières réactions de lecture, les premières recensions de presse datent de mars. On connaît une bonne vingtaine d'éditions et de rééditions de cette même année 1759, deux d'entre elles au moins présentant des différences textuelles qui pourraient dériver de manuscrits concurrents également autorisés par l'auteur, plus trois traductions anglaises et une traduction italienne. *Candide* fut dès l'origine un best-seller.

3 / *Hypothèses sur la composition*

En amont de l'inscription du premier tirage au « Grand Livre » de Cramer, un vaste champ d'hypothèses.

La conjonction de trois témoignages tardifs, partiels mais compatibles, dont le plus précieux et le plus probable est celui de Wagnière, un secrétaire de Voltaire, qui classa ses papiers à sa mort, autorise l'hypothèse d'une composition discontinue, étendue sur toute l'année 1758, avec trois temps forts : commencé avant l'été, et assez avancé pour former déjà « une copie », l'ouvrage aurait été repris ou continué en juillet-août, puis apparemment délaissé, avant d'être terminé en quelques jours en octobre ou novembre.

La comparaison de la correspondance de l'année 1758 (quelque trois cent trente lettres sont conservées) avec le texte même de *Candide*, permet de repérer des concordances de thèmes et d'intérêts, des similitudes d'expression, parfois littérales : ces observations soutiennent le schéma hypothétique d'une rédaction par phases, mais leur systématisation paraît aléatoire et leur interprétation reste improbable — quel texte est « l'écho » de l'autre ?

Le remaniement final du chapitre XIX, postérieur à l'exécution de la copie La Vallière, fournit un jalon précis : la tirade du « nègre » présente une interférence d'expression avec le livre *De l'Esprit* d'Helvétius, que Voltaire lut après la mi-octobre.

On a moins sollicité la critique interne. Elle décèle pourtant des anomalies plus ou moins évidentes : une syntaxe un peu violente (« par lequel... que... », VIII, 53-55/*38-40*), une intermittence de tutoiement et de vouvoiement dans les discours de Candide à Cacambo (vouvoiement de XVI, 50/*35* à XIX, 17/*10*, tutoiement partout ailleurs), un vaisseau d'abord « entrouvert » et qui « s'entrouvre » ensuite (V, 11/*6* et 29/*19*), des personnages sans monture qui mettent « pied à terre » (XVII, 57/*43*), des moutons fort litigieux (« cent tous chargés de gros diamants » en XX, 74/*54*, la moitié seulement en XVIII, 200/*148*), deux soupers le même soir chez les Oreillons (XVI, 22-23/*14* et 69/*49*), etc. Tout cela est cependant d'une interprétation délicate encore. L'hypothèse d'une rédaction épisodique, par expansions et sutures, semble renforcée. Mais on peut aussi rapporter ce phénomène à la mimésis (comme figuration des failles du prétendu meilleur des mondes), au régime narratif (comme dysfonctionnement des codes romanesques), à l'organisation d'une lisibilité (comme brouillage de la lecture d'identification) — on reviendra sur ces systèmes : au moins l'ambiguïté signale-t-elle ici l'étroitesse d'une conception trop génétique des problèmes de composition.

4 / *Sources et intertextes*

En consultant les éditions savantes, avec leurs commentaires et leurs citations, on imaginerait une préparation et une rédaction livresques — toute une bibliothèque autour de la page blanche. Une espèce de « dossier » de *Candide*, façon Zola, comprendrait : une documentation sur l'Optimisme, des récits de batailles (II-III), des relations du désastre de Lisbonne (V-VI), des voyages au Paraguay (XIV-XV), un exemplaire du Code Noir (XIX), des notes sur le siège d'Azov (XII), sur des monarques détrônés (XXVI), sur le cérémonial des autodafés (VI), sur l'exécution de Byng (XXIII), etc. En fait, la référence est ici, ou bien allusive, articulée sur le savoir d'usage et sur le discours des journaux (d'où cette symbiose du récit et des lettres de la même année), ou bien savante et même érudite, mais dans ce cas déplacée, décalée, souvent dégradée par le réemploi : la fesse mutilée de la Vieille vient de saint Jérôme, le nom d'Issachar de la Genèse, le geste de Cunégonde étendant des serviettes en Propontide de l'*Odyssée*, etc. C'est ici la récréation d'un homme d'une immense culture, auteur d'une « histoire universelle », lecteur d'un appétit insatiable et d'une curiosité polymorphe : tous les livres de Pococuranté, Voltaire les avait lus, et il aurait pu citer de mémoire plus de rois malheureux que Pangloss n'en énumère à la fin.

Aussi est-il probablement plus juste de parler d'intertextes que de sources. L'histoire est structurée sur des schémas génériques (les amours contrariées, la quête du savoir, le voyage d'aventures), saturée de situations et de relations typiques (les rencontres de hasard, le souper galant, la tempête et le naufrage, la visite d'une bibliothèque, etc.), au confluent des traditions les plus éprouvées; et dans le détail de son élaboration, le texte est traversé de citations fugitives : le « fusil espagnol » des nobles exploits et les sauvages Oreillons cousins des Rouintons du *Cleveland* (XVI), le « chocolat » des collations à la mode (XI et XXV), le cheval vendu de Candide-des Grieux (X), etc. — petits clins d'œil pour narratophiles. Mais à force de proliférations disparates, l'intertextualité s'inverse en atypie. Les plus impitoyables parmi les critiques du temps n'inscrivirent jamais *Candide* au catalogue des emprunts et prétendus plagiats de M. de Voltaire.

5 | *L'édition augmentée de 1761*

L'édition de 1761, qui clôt le processus de genèse, diffère surtout par les remaniements du chapitre XXII, étoffé et pimenté de l'épisode Parolignac. Les premiers lecteurs, en 1759, avaient trouvé ce chapitre parisien un peu léger, « faible » en tout cas (D 8072) — « Il ne vaut pas grand-chose », avait tranché Grimm. La satire fut donc amplifiée et affûtée à la fois — parisianisme et antiphi-losophie —, et *Candide* ainsi annexé à la production militante la plus immédiate : *La Vanité*, *Le Pauvre diable* et *Le Russe à Paris*.

Bibliographie. — B 2, *25-45* et *72-79* ; B 3, *76-97*. — Le manuscrit La Vallière a été publié en *fac-similé* à la fin de B 35. Il est très bien exploité dans B 4 et B 5. — Quelques détails du dossier génétique et matériel : B 41-44. — Pour la lecture des « intertextes », roma-nesques entre autres, B 1 reste utile.

Repères chronologiques

1596	Expédition de Raleigh vers l'Eldorado.
1685	Etablissement du *Code noir*, qui officialise et réglemente l'esclavage dans les colonies françaises.
1690	« Candide : qui est franc, sincère, qui aime la vérité. Un honnête homme doit être *candide*, avoir l'âme *candide* » (Dictionnaire de Furetière).
1695-1696	Siège d'Azov (XII, 63/*45*).
1700-1710	Vive actualité du problème du mal dans le débat intellectuel, autour du paradoxe de Bayle, selon qui la dualité manichéenne est plus vraisemblable que les thèses orthodoxes.
1710	Leibniz, *Essais de théodicée*, tendant à accorder foi et raison dans l'idée d'un « Meilleur des mondes possibles » voulu par un Dieu juste et bon (rééditions en 1720, 1734, 1747).
1715	Mort de Louis XIV. Début de la Régence.
1715-1716	Premiers « contes » de Voltaire, en vers *(Le Cadenas, Le Cocuage)* et en prose *(Le Crocheteur borgne, Cosi sancta)*.
1716	Mort de Leibniz.
1723	Majorité officielle de Louis XV : fin de la Régence.
1726-1743	Ministère du cardinal de Fleury.
1733	Pope, *Essay on man*, en vers, vulgarisation du système du Meilleur des mondes, avec la fameuse formule : « Whatever is, is right » (= « Tout est bien », « Toute chose est dans l'ordre »). Traduction française en 1736, puis une vingtaine en quinze ans.
1733-1735	Guerre de Succession de Pologne, terminée par la Paix de Vienne (1738) : Stanislas Leczinski renonce au trône (c'est le cinquième « monarque » du chap. XXVI).
1734	*Lettres philosophiques*, manifeste des « Lumières », avec un « Anti-Pascal » (lettre XXV) pour dire un ordre du monde où Dieu cautionne le bonheur des hommes.

1736	Voltaire s'initie à la pensée leibnizienne à travers les écrits de son propagandiste Wolff.
1737	Premier emploi signalé du terme « Optimisme », pour désigner le système du Meilleur des mondes.
1739	Voltaire lit ou relit la *Théodicée* (D 1936). Suicide du professeur Jean Robeck, auteur d'une apologie du suicide (XII, 126/*94*).
1740	Mme du Châtelet, maîtresse de Voltaire, se déclare fervente leibnizienne dans ses *Institutions de physique*.
1740-1748	Guerre de Succession d'Autriche, terminée par la Paix d'Aix-la-Chapelle.
1743	Début du règne personnel de Louis XV.
1744	Mort de Pope. Polémique de Voltaire avec le leibnizien Martin Kahle (voir D 2945).
1745	Echec de l'expédition de Charles-Edouard en Ecosse (c'est le troisième « monarque » du chap. XXVI).
1745-1747	Voltaire en faveur à Versailles, historiographe du roi, académicien, chantre de la *Bataille de Fontenoy*.
1747	Disgrâce progressive. *Zadig ou la Destinée*.
1749	*Memnon ou la sagesse humaine*.
1750-1753	Séjour à la cour de Berlin auprès de Frédéric II. Parlant de *Zadig*, de *Memnon*, et d'autres textes aujourd'hui classés parmi ses « contes et romans », Voltaire les appelle « ces petits morceaux d'une philosophie allégorique » (D 4369).
1751	*Micromégas* (l'un des « philosophes » ridiculisés au chap. VII est leibnizien). Premier volume de l'*Encyclopédie* publiée par Diderot et d'Alembert.
1753-1754	Sorti de Prusse et interdit de séjour à Paris, Voltaire se cherche « un tombeau ». Errances en Alsace.
1754	Mort de Wolff.
1754-1755	Hostilités franco-anglaises au Canada.
1755	Installation près de Genève, aux « Délices » (mars). L'Académie de Berlin met à son concours public l'examen de la proposition de Pope « Tout est bien » et sa comparaison avec « le système de l'Optimisme ». Tremblement de terre de Lisbonne (1er novembre).

D'où la réactivation du débat intellectuel sur l'origine et le sens du mal. Voltaire prend le parti des victimes : *Poème sur le désastre de Lisbonne ou Examen de cet axiome : Tout est bien.*

1756   Expéditions espagnoles au Paraguay pour réduire les indiens Guaranis gouvernés par les jésuites. Début de la « Guerre de Sept ans » (mai). Frédéric II envahit la Saxe, obligeant le prince Auguste III à se réfugier en Pologne (c'est le quatrième « monarque » du chap. XXVI). Publication de l'*Essai sur les mœurs*. Longue lettre de Rousseau à Voltaire, réfutant son récent *Poème* et réaffirmant que « Le Tout est bien » (D 6973, 18 août) ; courte réponse dilatoire (D 6993, 12 septembre). Intervention en faveur de l'amiral anglais Byng.

1757   Attentat de Damiens contre Louis XV (5 janvier). « Notre siècle est encore bien barbare » (à Diderot, 28 février, D 7175). Exécution de Byng à Portsmouth (14 mars). Extension des opérations militaires (Europe, Amérique, Indes, et guerre maritime) ; le roi de Prusse aux abois envisage le suicide. Voltaire entretient des contacts paradiplomatiques entre l'entourage de Frédéric II et la cour de France. Campagne réactionnaire contre les Encyclopédistes et les « Lumières ». Victoire prussienne sur les Français à Rossbach (5 novembre).

1758   Redoublement de la campagne anti-Cacouacs, à l'occasion de l'article « Genève » de l'*Encyclopédie* (t. VII). A une date indéterminée, Voltaire commence ses *Mémoires* (inachevés, publiés en 1784).
(janvier) Date plausible du début de la rédaction de *Candide*.
(mai-juin) Rédaction d'articles pour l'*Encyclopédie*, dont « Heureux » (t. VIII, 1765).
(juillet-août) Séjour chez l'Electeur palatin, à Schwetzingen. D'après Wagnière, alors son secrétaire, Voltaire y aurait repris et continué *Candide*. Démarches auprès de la cour de France : disgrâce confirmée.
Après la bataille de Zorndorf (25 août 1758), d'après le témoignage d'un militaire prussien (Archenholtz, traduit par de Bock en 1789), on enterra avec les morts russes « un grand nombre de vivants qui n'étaient que blessés ».

(automne) Prospections pour un établissement plus stable sur la frontière franco-suisse.

(3 octobre) « M. de Voltaire me paraît persuadé que la guerre en général durera encore cinq ou six bonnes années » (lettre de la comtesse de Bentinck, alors en visite chez Voltaire, à Haller).

(octobre-novembre) Les faubourgs de Dresde bombardés : dans l'histoire militaire de l'humanité, c'est le premier exemple connu de bombardements civils systématiques.

(octobre-décembre) Achèvement de *Candide*. Promesse d'achat de Ferney (acte définitif en février 1759) ; achat de Tournay.

1759   (mi-janvier) Edition Cramer de *Candide* tirée et prête à être diffusée. Diffusion probablement retardée jusque vers le 15 février.

(février) Lancement de *Candide*, à Paris et Genève, et peut-être simultanément à Amsterdam et Londres. Plaintes et perquisitions à Paris et Genève ; saisie partielle à Paris d'un nouveau tirage.

(mars) Enorme succès et nombreuses réimpressions, en dépit des condamnations officielles. Voltaire, à son ordinaire, désavoue l'ouvrage publiquement.

(8 mars) Révocation du privilège de l'*Encyclopédie* en Conseil du Roi.

(1er août) Bataille de Minden.

1759-1761   Recrudescence des polémiques entre « philosophes » et « antiphilosophes » : Voltaire s'engage à fond dans la lutte. « Il est bon que ceux d'entre nous qui sont tentés de faire des sottises, sachent qu'il y a sur les bords du lac de Genève un homme armé d'un grand fouet dont la pointe peut les atteindre jusqu'ici » (Diderot, de Paris, à Voltaire, 28 novembre 1760, D 9430).

1760   *Suite de l'Oracle des nouveaux philosophes*, par l'abbé Guyon : *Candide* y est longuement critiqué comme « une satire impie contre la Providence ». Fréron, dans sa revue *L'Année littéraire* (III, 165) : « *Candide* fait d'abord rire l'esprit, et laisse ensuite le désespoir dans le cœur ».

Candide ou l'Optimisme, seconde partie, suite à succès, en vingt chapitres, attribuée à l'obscur Thorel de Campigneulles, rééditée neuf fois au moins jusqu'en 1778, traduite en anglais, en italien, en allemand. Le mot de la fin : «... et Candide disait souvent : *Tout n'est pas aussi bien que dans Eldorado; mais tout ne va pas mal* ».

1761   (mars) Publication de la version révisée du chapitre XXII de *Candide*, dans un volume de *Mélanges*. Edition augmentée de *Candide*, avec l'amplification du titre enregistrant la mort du « docteur Ralph » à Minden.

1762   (mai) Condamnation de *Candide* par les autorités pontificales, à l'occasion d'une traduction en italien.
(15 juillet) *Lettre au sujet de Candide*, publiée dans le *Journal encyclopédique*, sous le pseudonyme de « Demad » (« The mad » ? = le fou) : Voltaire y annexe *Candide* à ses grandes campagnes « philosophiques ».

1763   Traités de Paris et de Hubertsbourg, mettant fin à la Guerre de Sept ans : consécration de l'hégémonie anglaise, déclin des puissances française et autrichienne, confirmation de la nouvelle puissance prussienne.

1766   *La Cacomonade, histoire politique et morale, traduite de l'allemand du docteur Pangloss, par le docteur lui-même, depuis son retour de Constantinople* (Cologne, 1766) : c'est un essai facétieux, par Linguet, sur la vérole et les vérolés — dédié à Paquette. Trad. allemande en 1786.

1770   La jeune Marie-Angélique, âgée de dix-sept ans, fille de Diderot, est surprise un *Candide* entre les mains : « Un livre infâme », aurait-elle dit d'elle-même — à ce que dit le père *(Mémoires pour Catherine II)*.

1771   Dernière édition revue par Voltaire, avec des changements mineurs.

1780   Début de l'impression posthume des *Œuvres complètes* à Kehl — la France restant officiellement fermée à ce « Voltaire ». Dans le privilège accordé aux éditeurs par le margrave de Bade, trois titres sont nommément interdits : *La Pucelle, Candide* et la traduction du *Cantique des Cantiques*. Passant outre, Beaumarchais, l'animateur de l'entreprise, assimile censure et castration en jouant sur la fin du chapitre XI du conte : « Nous ne châtrerons point notre auteur, crainte que tous les lecteurs de l'Europe, qui le désirent tout entier, ne disent à leur tour en le voyant ainsi mutilé : *Ah che sciagura d'aver lo senza coglioni!* et quels sots pédants étaient ses tristes éditeurs! » (à Le Tellier, 25 février).

1783   Dernier autodafé espagnol avec mort d'homme.

1784   *Léandre-Candide ou les reconnaissances*, vaudeville en
            deux actes, au Théâtre Italien (27 juillet), fantaisie
            autour des chap. XXVII-XXX du conte — Pangloss y
            épousant la Vieille.

1788   *Candide marié* ou *Il faut cultiver son jardin*, vaudeville
            en deux actes (20 juin) — « rousseauisation » du conte,
            retour à la terre et bons sentiments : un fils de Candide
            épouse l'une des filles du bon vieillard turc.
            L'Optimiste ou l'homme content de tout, comédie en cinq
            actes et en vers, par Collin d'Harleville — à la fin du
            terrible hiver 1788-1789, on en donna une représentation
            de gala en faveur des pauvres et des indigents.

1791   (12 juillet)   Translation des restes de Voltaire au Pan-
            théon.

1813   Mme de Staël, *De l'Allemagne* : *Candide* condamné
            (IV, 3) comme « ouvrage d'une gaieté infernale » atta-
            quant « toutes les opinions philosophiques qui relèvent
            la dignité de l'homme ».

1836   *Leçons françaises de littérature et de morale*, 21e édition :
            c'est le « Noël et De La Place » (1804 pour la première
            édition), l'un des grands classiques de l'histoire des
            manuels d'enseignement. Cinq cent vingt-neuf extraits
            en prose, aucun des contes de Voltaire.

1844   Désiré Nisard, *Histoire de la littérature française*, ouvrage
            capital dans la tradition et l'institution littéraires : Vol-
            taire conteur n'y est pas admis.

1863   « *Candide* ? C'est du La Fontaine prosé, et du Rabelais
            écouillé » (les Goncourt, à un dîner Magny, le 28 mars).

1878   Célébration républicaine du centenaire de la mort de
            Voltaire, malgré l'opposition de l'Eglise catholique et des
            cléricaux.

1906   Gustave Lanson, à propos du conte voltairien, « démons-
            tration ou réfutation d'une idée » : « *Candide* est le
            modèle de cet art » (B 14, *150-154*).

1913   Première édition scientifique et universitaire (B 1).

1944   Simone de Beauvoir, *Pyrrhus et Cinéas* : Voltaire, *Can-
            dide* et son « jardin » réprouvés par l'existentialisme et
            son « engagement ».

1957   *Candide*, « a comic operetta », joué à New York, livret de Lilian Hellman, musique de Leonard Bernstein.

1960   *Candide*, film de Norbert Carbonneaux — adaptation moderne, avec transpositions d'actualité. Distribution brillante : Jean-Pierre Cassel, Dahlia Lavi, Pierre Brasseur, Nadia Gray, Michel Simon, Jean Richard, Robert Manuel, Louis de Funès.

1962   *Candide*, téléfilm de P. Cardinal (ORTF).

1971   *Candide*, adaptation théâtrale de R. Monod, dix-sept représentations au Centre Dramatique national de Nice, mise en scène de G. Monnet.

1977   *Candide*, adaptation théâtrale de Serge Ganzl pour le Théâtre de l'Evénement, mise en scène de Jean-Claude Amyl, création à Montbéliard en octobre, reprise en janvier-février 1978 au Théâtre National de Chaillot.

1978   Leonardo Sciascia, *Candido ou Un rêve fait en Sicile*, trad. de l'italien.

1982   « Le jury peut s'étonner qu'à vingt-cinq ans on n'ait pas encore lu *Candide* » (Rapport du jury du CAPES en Lettres classiques).

1987   Candide : « Qui dénote de la candeur : *regard candide, question candide* ». — Candeur : « Innocence naïve, ingénuité (souvent ironique) » *(Petit Larousse illustré)*.
        « Loc. prov. *Il faut cultiver notre jardin* (Volt.) : travailler sans perdre son temps à des spéculations » *(Le Petit Robert)*.

Compléments bibliographiques. — Histoire de l'Optimisme : B 54. — Biographie et histoire : B 19, t. 1-3. — Chronologie de la carrière : B 15, *2485-2495*.

Analyse du récit

On trouvera dans le tableau qui suit une analyse de *Candide* comme *récit de l'histoire de Candide* : on pourra s'y reporter, texte en main, en lisant la suite de ce petit ouvrage.

En fait, l'histoire de Candide n'est pas la seule histoire racontée, loin s'en faut. Il y a aussi celle de Cunégonde et celle de la Vieille, ostensiblement signalées par les titres des chapitres VIII et XI, et d'autres plus ou moins discrètement intercalées, une bonne quinzaine en tout (IND, « Histoires »). Leurs phénomènes et leurs effets, et la fonction générale de cette démultiplication du discours narratif, tout cela est essentiel au travail du texte : on s'y intéressera plus loin.

Mais c'est l'histoire du protagoniste qui doit d'abord fixer l'attention : Candide est le seul acteur constamment présent en texte, de la première à la dernière ligne; il est aussi le seul récepteur commun de toutes les autres « histoires ». C'est ce qui détermine le premier niveau de la structure narrative, et ce qui justifie ce premier traitement de la matière textuelle.

Aux principes de textualité s'ajoutaient d'ailleurs des contingences pratiques de lisibilité. Il est très difficile, en effet, de formaliser clairement la complexité du système entier. Et où s'arrêter? Dans l'*Histoire de la Vieille* s'inscrivent encore, à un troisième niveau, d'autres « histoires » : celle du prince de Massa-Carrara (XI, 23-36/*16-26*), celle du castrat napolitain (XII, 13-35/*8-25*), et même l'histoire express d'un seigneur russe (XII, 102-105/*76-79*)...

On s'en tient donc logiquement, à ce stade de l'étude, au *récit principal*, les autres « histoires » n'étant prises en compte que comme *récits faits à Candide*, et par là événements, causes et fonctions dans *son* histoire.

Cinq paramètres ont été retenus, d'où les divisions verticales du tableau.

1 / *Temporalisation*

Tous les indices de temporalité ont été relevés. Isolés le plus souvent, rarement coordonnés, souvent récurrents, ils proposent des leurres fragiles de chronologie et de dramatisation. Les marques implicites sont entre crochets.

Quatre coupes seulement sont déterminantes, que signalent ici des barres horizontales : deux à l'ouverture (« Il y avait... » / « Un jour... »), deux à la clôture du récit (« Il était tout naturel... » / « Il y avait... »). Une cinquième, fortement dramatisée par le récit à la jointure des chapitres XVIII et XIX, n'est ici marquée qu'en pointillé : l'analyse de l'épisode de l'Eldorado en décèlera l'ambiguïté.

2 / *Spatialisation*

Tous les indices de spatialité ont été relevés, les marques implicites entre crochets.

On peut distinguer des SÉJOURS (les onze encadrés) et des TRANSITS (le reste) — haltes et escales, marches et traversées. Mais les séjours même sont transitoires, y compris la métairie-jardin, d'abord prise comme refuge « en attendant » (XXIX, 24/*16*).

D'où une autre distinction possible, entre LIEUX CLOS, où l'on ne rentre plus après en être sorti (deux seulement : le château de Thunder-ten-Tronckh et le pays d'Eldorado) et LIEUX OUVERTS (tout le reste), entre lesquels circulent et s'échangent les personnages, les objets, les actions. Les premiers sont marqués d'un trait continu, les autres de pointillés.

3 / *Action*

La catégorie des PERSONNAGES est proliférante, mais sauf erreur, le relevé est ici complet.

Les noms en lettres majuscules sont ceux des PERSONNAGES REPARAISSANTS : récurrents au-delà du chapitre I et/ou participants à la réunion finale du chapitre XXX — seul le baron est manquant.

Le critère de la positivité ou de la négativité (ADJUVANTS et

OPPOSANTS) est pris en compte dans les deux dernières colonnes du tableau.

Le critère des séparations et des retrouvailles (DISJONCTION/ CONJONCTION) peut servir à déterminer des SÉQUENCES PERSON- NELLES : il y en aurait dix-sept, marquées ici par des barres horizontales. Cette division, très claire *a posteriori*, est cepen- dant liée aux leurres du voyage et de la quête, donc superficielle en signification, comme on le montrera.

La matière des ÉVÉNEMENTS a fait l'objet d'un double trai- tement : la segmentation en UNITÉS MINIMALES, avec pour critère la variation sémantique des actions (Ecouter/Tuer/Fuir, par exemple, pour le chapitre XV); la recomposition de PÉRIODES DRAMATIQUES, également minimales, avec pour critères (parfois couplés) le changement de participants, la coordination des temps et des lieux, et surtout l'ouverture et la clôture des risques ou des enjeux.

Les UNITÉS sont représentées ici par les alinéas; les PÉRIODES (parfois un seul alinéa) par le jalonnement des références. Résultats certainement contestables : on pourrait pousser plus loin la segmentation, systématiser autrement la périodisation. Mais deux faits de structuration sont ainsi mis en relief : l'extrême atomisation de l'histoire et la neutralisation finale des grands enjeux initiaux du désir et de la quête. Ce dernier phénomène, le plus important peut-être en signification, est figuré par les trois seules barres horizontales de cette colonne (chap. I et XXX).

L'ensemble CAUSALITÉ présente naturellement les mêmes carac- tères paradoxaux ou contradictoires : atomisation aussi extrême des sèmes, récurrence insistante de quelques valeurs simples (faim, cupidité, violence, désir, naïveté...), annulation enfin du leurre des causes premières de toute l'histoire — le désir et l'interdit : trois encadrés jalonnent cette dernière analyse (chap. I, XVIII, XXX).

4 / *Fonction*

A l'action ainsi décrite dans les catégories de la participation, des contenus et de la causalité, on a appliqué une analyse fonctionnelle à cinq variables, qui reprend en les simplifiant les principaux concepts usuels de la narratologie :

— quels sont les PROJETS (P) du protagoniste?
   (le signe P̶ note l'absence de projet);
— quelles ÉPREUVES (E) rencontre-t-il?
   (le signe E suivi de (P) note les expériences valant épreuves pour les projets);
— quels sont ses MOYENS propres (M)?
   (le signe M̶ note l'absence, la perte ou la diminution des moyens propres);
— quels sont ses ADJUVANTS (A)?
   (le signe A̶ note la perte ou la disparition d'un adjuvant);
— quels sont ses OPPOSANTS (O)?
   (le signe O̶ note la disparition d'un opposant, figure rarissime car ordinairement les opposants même éloignés sont comme tenus en réserve : voir, par exemple, XVII, 9-12/4-7).

Les fonctions implicites ont été marquées entre crochets. Deux autres signes ont été utilisés : D = Candide est séparé de... (DISJONCTION) et C = Candide est réuni à... (CONJONCTION).

Les premiers éléments d'interprétation sont consignés à droite au moyen de deux signes de valeur contraire :

⊕ indique le succès d'un projet, la tendance positive d'une situation dérivée;

⊖ indique à l'inverse l'échec d'un projet ou l'issue négative d'une action.

L'analyse ainsi formalisée confirme les phénomènes généraux de complexité et d'atomisation, de récurrence et de nivellement; elle permet aussi de tracer plus nettement, de mettre au moins en perspective problématique une relation structurale CHÂTEAU/ELDORADO/JARDIN : ce sont les trois zones du tableau les plus marquées en coupe horizontale.

Il apparaît en effet que trois projets dominent l'histoire de Candide et la traversent en s'y combinant diversement : le premier de POUVOIR (ambition et fortune), le second de DÉSIR (Cunégonde : « la voir tous les jours », rêve innocent de Candide, I, 68/*45*, mais entendons bien : [l'a/voir]), le troisième de SAVOIR (conservation/vérification des certitudes optimistes). Ces projets sont posés et contrariés au chapitre I; ils sont régénérés et réinvestis, avec de nouveaux moyens, au sortir du pays d'Eldorado (XVIII); ils se trouvent enfin disqualifiés au dernier chapitre : la régénération « eldoradienne » n'était qu'une illusion de Candide, un leurre de l'histoire.

C'est à cette hypothèse fonctionnelle d'ensemble que s'ordonneront essentiellement les interprétations de la lecture textuelle proposée dans le présent ouvrage : aussi est-elle figurée dans cette colonne FONCTION au moyen de trois encadrés en I, XVIII et **XXX**.

5 / *Désaliénation*

« Candide évolue-t-il? Candide progresse-t-il? Candide mûrit-il?, etc. » Problème central dans la tradition critique, dans les *pré-lectures* dont on a parlé plus haut : il faudra bien le reprendre.

Ont été relevés ici, dans le DISCOURS DE CANDIDE considéré sous toutes ses formes (contributions aux dialogues et aux débats, mais aussi monologues et commentaires, questions et interjections, etc.), tous les INDICES DE VARIATION par rapport à PANGLOSS et à MARTIN, ces deux derniers signes référant à la fois aux deux personnages dans l' « histoire » et aux deux systèmes idéologiques que ces personnages représentent (OPTIMISME et MANICHÉISME).

Ont été distribuées des valeurs + et —, qu'il faut lire comme suit :

+ énoncé manifestant, entre le personnage Candide et le personnage-système dont le nom précède, une relation susceptible d'être qualifiée par des expressions intellectuelles et/ou affectives comme : « soumission à, accord avec, réaction positive à, adhésion aux thèses de, etc. »;

— énoncé manifestant, dans les mêmes conditions, des relations comme : « résistance à, objection à, réaction négative à, désaccord avec les thèses de, etc. ».

Les signes +/— ou —/+ notent des énoncés ambigus ou contradictoires; les signes PANGLOSS/MARTIN ou MARTIN/PANGLOSS des balancements simultanés.

On peut donc considérer ces données comme complémentaires de celles qui sont marquées P3 et E (P3) dans la colonne précédente.

Une dernière observation d'ensemble est facile à faire sur ce tableau, c'est que des *vingt-neuf coupes de chapitres* (on en a conservé la trace en croisant toutes les lignes verticales), *aucune* ne réalise une démarcation complète, valable pour *tous* les paramètres dramatiques, sémantiques et fonctionnels de l'analyse : ce (dé-)boîtement généralisé appelle une analyse spéciale.

Bibliographie. — Autre analyse (chap. I à XIII), de caractère sémiologique : B 47.

| TEMPORALISATION | SPATIALISATION | ACT | | |
		PERSONNAGES	CAUSALIT

	TEMPORALISATION	SPATIA-LISATION	PERSONNAGES	CAUSALIT
I	Il y avait...	Château de Thunder-ten-Tronckh en WESTPHALIE	CANDIDE CUNÉGONDE LE FILS DU BARON PANGLOSS PAQUETTE – le baron – les anciens domestiques – la sœur du baron – le père de Candide – les palefreniers – le vicaire du village – la baronne	Tout est au mieu (61/40) DÉSIR – INTER
	Un jour...(72/48) Le lendemain... (89/60)			
II	Le lendemain... (9/5) Le lendemain... le surlendemain (47-49/34-35) – [service militaire] Un beau jour de printemps... (53/39) En trois semaines (83/61)	Valdberghoff-trarbk-dikdorff (10/6) [Westphalie ?]	CANDIDE – deux recruteurs bulgares – l'armée bulgare – le roi des bulgares – un chirurgien	Faim Guerre Erreur (naïveté) Erreur (naïveté) Force Clémence
III	[Bataille] – [Fuite] – [Voyage à pied] [Arrivée en Hollande, 39/27] Le lendemain (85/61)	Champ de bataille Le théâtre de la guerre (36/25) [Westphalie ?] HOLLANDE	le roi des Bulgares, le roi des Abares et leurs armées ; villageois abares, villageois bulgares – graves personnages (45/32) – un prédicant – Jacques – un gueux (= PANGLOSS)	Force Peur Faim Dureté chrétienne Bonté humaine
IV	Au bout de deux mois (102/73) – [voyage en mer] [Arrivée en vue de Lisbonne] (121/87)	Voyage de Hollande à Lisbonne	CANDIDE PANGLOSS – Jacques – un matelot	Attachement à Pa Amour pour Cuné Bonté et intérêt Affaires de Jacque Tempête Bonté de Jacques méchanceté du ma
V	Le lendemain... (78/57)	LISBONNE Rues [Maison]	– les habitants de Lisbonne – le matelot et une fille – quelques citoyens, un prêtre et son serviteur	Tremblement de te Faim. Entraide. Théologie et intolé

ÉVÉNEMENTS	FONCTION	DÉSALIÉNATION	
O N			
Enfance et bonheur de Candide. Leçons de Pangloss. (9-71/<u>1-47</u>)	P1 : POUVOIR P2 : CUNÉGONDE P3 : OPTIMISME (62-71/<u>41-47</u>)	PANGLOSS + (39-71/<u>41-47</u>) ... élevé à ne jamais juger de rien par lui-même (XXV, 106/<u>79</u>)	I
Découverte du désir. Transgression → Répression. Candide chassé du château. (72-105/<u>48-72</u>)	E(P2) O : Baron ⊖ D : Cunégonde Pangloss Thunder-ten-Tronckh M Ḱ		
Candide enrôlé et instruit de force. (3-53/<u>1-39</u>)	P : manger E : Bulgares (A/O) A-nourri ⊕ O-enrôlé ⊖ P : déserter O: Bulgares ⊖	Pangloss + (29/<u>21</u>)	II
Candide déserteur, repris et battu à mort, puis gracié et guéri. (53-86/<u>39-63</u>)	[P : survivre] A : le roi des Bulgares le chirurgien ⊕	... un jeune métaphysicien fort ignorant des choses de ce monde (79/<u>58</u>)	
Boucherie héroïque (16/<u>10</u>) Désertion réussie. (4-38/<u>1-26</u>)	P : survivre et déserter O : Bulgares et Abares ⊕ [M: capacités militaires] P : manger E : prédicant ⊖ E : Jacques ⊕	Pangloss + (8-13/<u>4-8</u>)	III
Candide démuni demande l'aumône. Repoussé, puis secouru. (38-84/<u>27-60</u>)	A : Jacques C : Pangloss	Pangloss + (54-60/<u>38-43</u> ; 80/<u>58</u>)	
Candide retrouve Pangloss et pleure la mort de Cunégonde. Leçons de Pangloss. Jacques les recueille et les emploie. (III, 85/<u>61</u> - IV, 102/<u>73</u>)	E (P2) O : Cunégonde morte ⊖ E (P3) A : Pangloss parle ⊕ P : guérir Pangloss A : Jacques ⊕ P : voyage d'affaires à Lisbonne	Pangloss +/– [questions : 49/<u>34</u> ; 66/<u>46</u>] Pangloss – (mais il faut... 100/<u>63</u>)	IV
Départ pour Lisbonne. Leçons de Pangloss.	E (P3) : Pangloss parle O : tempête	? Abstention dans le débat de IV, fin ?	
Voyage et naufrage : mort de Jacques et survie du matelot responsable de sa mort. Candide et Pangloss sauvés.	P : survivre ⊕ P : sauver Jacques O : Pangloss ⊖ Ḱ : mort de Jacques	Pangloss + (24-27/<u>15-18</u>)	
Destruction de Lisbonne. Leçons de Pangloss à Candide blessé IV, 102/<u>73</u> - V, 77/<u>56</u>)	P : survivre O : Pangloss parle ⊕	Pangloss – (49-50/<u>34-35</u>)	V
Repas des survivants. Dispute théologique de Pangloss et d'un inquisiteur.	E (P3) : Pangloss parle O : Inquisiteur ⊖	Pangloss + (VI, 19/<u>11</u>)	

	TEMPORALISATION	SPATIA-LISATION	A C T	
			PERSONNAGES	CAUSALITÉ
VI	[même jour]... <u>après le dîner</u> (17/9)	Prison de Lisbonne	– un Biscayen – deux juifs – l'appareil de l'Inquisition	Superstition Fanatisme
	<u>Huit jours après</u>... (22/<u>13</u>)	Place publique	CANDIDE	
	<u>Le même jour</u>... (35/<u>23</u>)			Désir de Cunégonde (VIII, 105/<u>78</u>)
			CANDIDE LA VIEILLE	
VII	Deux jours (20-23/<u>12-16</u>) ... <u>sur le soir</u>... (28/<u>18</u>)	Maison de Cunégonde	CANDIDE CUNÉGONDE LA VIEILLE	
				Désir partagé
VIII	– [quelques heures]			
			– Don Issachar (114/<u>84</u>)	
IX	... <u>en deux minutes</u>... (41/<u>29</u>)		– le grand Inquisiteur (23/<u>15</u>)	Instinct, jalousie, pe...
	– [Fuite] – [Voyage à cheval] (54/<u>39</u>)	Sierra Morena		Instinct, prudence, conseil de la Vieil...
X	– [Voyage à cheval] (26-27/<u>18</u>) – [Engagement de Candide] – [Embarquement] – [Début de la traversée]	CADIX	– un cordelier (9/<u>4</u>) – un bénédictin (24/<u>16</u>) – un général espagnol (34/<u>23</u>) – deux valets (37/<u>26</u>)	Méchanceté Nécessité Capacité militair... de Candide

...O N — ÉVÉNEMENTS	FONCTION	DÉSALIÉNATION	
Candide et Pangloss arrêtés. Autodafé solennel : Candide flagellé, Pangloss pendu.	E : Inquisition (?) nourri, logé ⊕ flagellé ⊖		
Nouveau séisme. Plaintes de Candide. (V, 78/<u>57</u> - VI, 47/<u>31</u>)	E (P3) : Pangloss meurt ⊖ D : Pangloss A : La Vieille	Pangloss +/– (38-47/<u>25-31</u>)	VI
Candide est soigné par la Vieille.	P : survivre A : La Vieille ⊕		
Retrouvailles de Candide et de Cunégonde.	C : Cunégonde ⊕ E (P2) A : La Vieille ⊕	Pangloss +/– (55-57/<u>39-41</u>)	VII
	E (P3) : Cunégonde est vivante ⊕		
Cunégonde raconte son histoire à Candide. Souper amoureux. (VI, 48/<u>32</u>-VIII, 113/<u>83</u>)	E (P3) : Cunégonde a souffert (89/<u>66</u>) ⊖		VIII
Irruption des deux amants de Cunégonde : Candide les tue l'un après l'autre.	E (P2) O : Don Issachar ⊕ O : L'Inquisiteur ⊕		
Fuite de Candide et de Cunégonde avec la Vieille.		Pangloss + (20/<u>13</u>)	IX
Voyage de Lisbonne à Cadix.	P : échapper aux poursuites A : La Vieille [mais voir XIII] ⊕		
Cunégonde volée.	M		
Un des trois chevaux vendu.		Pangloss +/– (13-17/<u>8-11</u>)	
Candide engagé comme capitaine dans l'expédition espagnole du Paraguay. Embarquement. (VIII, 113/<u>84</u>-X, 40/<u>28</u>)	P : Nouveau Monde (P1-2-3) M : capacité militaire de Candide		X
Dispute de Cunégonde et de la Vieille.	E (P3)		

	TEMPORALISATION	SPATIA-LISATION	ACT	
			PERSONNAGES	CAUSALITÉ
XI	– [Traversée] (X, 41/<u>29</u>-XIII, 17/<u>10</u>)			Défi de Cunégonde (X, fin)
		OCÉAN ATLANTIQUE		
XII				
			– tous les passagers	Proposition de la Vieille (XII, 135/<u>101</u>)
	– [Arrivée à Buenos-Aires] (18/<u>11</u>)	PARAGUAY Buenos-Aires		
XIII	... un quart d'heure... (49/<u>34</u>) [le même jour]		– le gouverneur de Buenos-Aires	Désir Intérêt
	– [Fuite à cheval]		– un alcade et des alguazils (64-<u>46</u>)	Meurtre du grand Inquisiteur (IX) Conseil de la Vieille
			CANDIDE CACAMBO	
XIV	Dès qu'ils furent arrivés à la première barrière (48/<u>34</u>)	Missions des Jésuites (dans le voisinage, XV, 34/<u>24</u>)	– gardes et officiers	Conseils et capacité de Cacambo.
	... déjeuner (71/<u>51</u> et 80/<u>58</u>) ... ils tinrent table longtemps (130/<u>96</u>)		CANDIDE CACAMBO LE BARON	Origine allemande. Faim, émotion, joie
			– esclaves nègres et Paraguayens (115/<u>85</u>)	
XV				Noblesse, honneur. Colère. Ruse de Cacambo.
	– [Fuite à cheval]			

| O   N | | FONCTION | DÉSALIÉNATION | |
ÉVÉNEMENTS				
				XI
Traversée vers le Nouveau Monde : la Vieille raconte son histoire.		E (P3) : malheurs de la Vieille ⊖		
				XII
Les passagers racontent leur histoire (X, 41/<u>29</u> - XIII, 16/<u>9</u>).		E (P3) : malheurs des passagers ⊖	Pangloss +/– (objections, XIII, 15/<u>9</u>)	
Arrivée à Buenos-Aires.				
Passion du gouverneur pour Cunégonde : il la lui déclare ; la Vieille y prête son concours.		E (P2) (P1) O : Gouverneur ⊖		**XIII**
Candide toujours poursuivi par la justice portugaise. Fuite avec Cacambo.		E (P2) O : poursuivants ⊖		
Perte de Cunégonde. (XIII, 17/<u>10</u>-XIV, 20/<u>13</u>)		D : Cunégonde, la Vieille Á : la Vieille ⊖ A : Cacambo		
Candide échappe à ses poursuivants et parvient aux réductions des Jésuites.		P : échapper aux poursuivants A : Cacambo ⊕	Pangloss – (la sale province de Westphalie, 101/<u>74</u>)	**XIV**
Il est reçu par un commandant.		P : carrière militaire au service des jésuites (24/<u>15</u>) A : Cacambo		
Déjeuner amical avec le jeune baron de Thunder-ten-Tronckh devenu jésuite.		C : le jeune baron A : le jeune baron	Pangloss + (113/<u>83</u>)	
Le baron jésuite raconte son histoire.		⊕		
Il refuse à Candide la main de sa sœur.		P : prendre Buenos-Aires A : le jeune baron		
Insultes, querelles : Candide tue le jeune baron.		E (P2) : « l'épouser » (43/<u>31</u>) O : le jeune baron ⊖ P : carrière militaire ⊖	Pangloss + (52/<u>37</u>)	**XV**
Fuite salutaire. (XIV, 20/<u>13</u>-XV, 78/<u>57</u>)		D : le baron		

	TEMPORALISATION	SPATIALISATION	A C T[...]	
			PERSONNAGES	CAUSALIT[É]
XVI	[Même journée] Enfin (11/6) Le soleil se couchait... (23/14) Il y soupa... (69/49) A leur réveil... (72/51) [Députation] ... et revinrent bientôt... (130/92)	PAYS DES OREILLONS (prairie, 11/6 ; bois, 69/49 ; pays inconnu, 10/5) Frontières des Oreillons (XVII, 4/1)	CANDIDE CACAMBO – deux sauvageonnes, deux singes – une cinquantaine d'Oreillons	Faim. Pitié (32/21) [ignorance [...] Anthropophagie et haine des jésuite[s] Erreur, corrigée [...] Cacambo.
XVII	[Errances] un mois entier (24/16) 24 heures de navigation (43/32) Visite d'Eldorado (en une seule journée) : – repas au cabaret	... des montagnes, des fleuves, des préci- pices, une petite rivière (20-25/13-17) ELDORADO – Village	– enfants d'Eldorado et leur magister – hôte et hôtesse, serviteurs et clients d'un cabaret	Courant d'une riviè[re] Erreur d'interpréta[tion] Cupidité. Erreur. Différence d'Eldora[do]
XVIII	– conversation avec le vieillard – moins de quatre heures (95/70) – promenade tout l'après-dîner (135/99) – souper du roi (137/102) Ils passèrent un mois... (144/106 ; cf. XXI, 28/19) Ce fut un beau spectacle que leur départ (203/150)	– palais – capitale	– un vieillard – douze de ses domestiques – filles de la garde royale, grands officiers, grandes officières, musiciens – le roi d'Eldorado – [guides] – plusieurs dames à la table du roi – intendants des machines, ingénieurs	Curiosité de Candi[de] Curiosité. Différence d'Eldora[do] Désir amoureux interdit levé par l'argent. Désir de pouvoir.
XIX	... cent jours de marche (15/9) – [Arrivée à Surinam] – dès le jour même (96/73) Candide resta quelque temps (98/74) Enfin... (151/114) – Nuit des histoires (172/129)	[marais, désert, précipices] SURINAM – [cabaret] – [port] – chez le juge – cabaret (166/125)	– un nègre – un patron espagnol CANDIDE – des domestiques – Vanderdendur – le juge hollandais – [un patron français] – une foule de malheureux	Accidents, faim, fat[...] Esclavage colonial. Doute contre l'optimisme. Puissance du gouver[...] Danger. Naïveté de Candide Méchanceté des hommes (149/[...]) Mélancolie (149/11[...])
XX	[Durée indéterminée] – [combat naval] Ils disputèrent quinze jours de suite... (92/65)	OCÉAN ATLANTIQUE	CANDIDE MARTIN – Vanderdendur et ses passagers – capitaine et équipage espagnols	Expérience personn[...] Problème du mal. Rivalités coloniales Force. Dieu ? Le diable ? (89/63)

ÉVÉNEMENTS	FONCTION	DÉSALIÉNATION	
bas.	ﬁ		
...ndide tue deux singes amants de deux ...wageonnes. Fuite prudente.	P : secourir les deux filles O : erreur première ⊖	Pangloss + (57-64/40-45)	XVI
...ndide et Cacambo prisonniers des ...illons et près d'être mangés ; épargnés ...rêtés comme ennemis des jésuites. ...I)	P : survivre O : Oreillons A : Cacambo Ø : Oreillons ⊕ A : Oreillons	Pangloss + (... soit, mais... 91/64) Pangloss + (142/102)	
...bération : marche vers Cayenne. ...nces.	P : Cayenne O : obstacles physiques ⊖		
...ée dans Eldorado.	P : survivre, aller quelque part A Ø ⊕		XVII
...petits gueux pris pour des fils de roi. ...ndide et Cacambo ramassent des cailloux ...dorado.		Pangloss +/– (56-57/42-43)	
...as dans un cabaret ; ridicule de le ...er avec des cailloux.		Pangloss +/– (137-141/104-107)	
...te à un vieillard : explication de l'his-...e du pays, de son gouvernement et de ...ligion.	A : l'hôtelier, le vieillard, le roi E (P3) : Eldorado ⊕ ⊕ ⊕		
...age à la cour. Réception au palais, vi-...de la capitale, découverte des usages ...dorado. Souper royal.	P : partir avec de l'or A : le roi, les ingénieurs ⊕ M : or d'Eldorado		XVIII
...gé demandé et obtenu : mises en ...le du roi. Construction de machines. ...ndide et Cacambo quittent l'Eldorado ...verts d'or. (XVII-XVIII)	P1: POUVOIR P2: CUNEGONDE P3: OPTIMISME (XVIII, 149-155/110-114 ; 209-213/154-157 ; XIX, début)	Pangloss – (Erreurs de Pangloss : 80-85/58-61 ; 146/107)	
...rche vers Cayenne. Perte de 98 moutons. ...ivée à Surinam. Rencontre d'un noir ...ave et mutilé. Trouble et pitié de Candide.	E (P1-P2-P3) : moutons perdus M : deux moutons ⊖ E (P3) : nègre de Surinam ⊖		
...ndide doit renoncer à enlever Cunégonde ...uenos-Aires. Il y envoie Cacambo ...r la racheter.	E (P2) : nouvelles de Buenos-Aires O : gouverneur ⊖ P2: Venise et Cunégonde A : Cacambo	Pangloss – (... la rage de soutenir que tout est bien quand on est mal. 58-63/43- 46)	XIX
...ndide trompé et volé par Vanderdendur, ...ncapable d'obtenir justice.	D : Cacambo		
...paratifs pour repasser en Europe : ...ndide se choisit le compagnon le plus ...heureux de la province.	E (P1-P2-P3) : moutons volés ⊖ M : diamants (81/62) E (P3) : nuit des histoires ⊖ C : Martin	Pangloss – (177-182/133-136)	
...versée vers l'Europe. ...itions manichéistes de Martin. ...bat de Candide et de Martin.	E (P3) : manichéisme	Pangloss + (19-20/12-13)	
...mbat naval : naufrage de Vanderdendur ...e ses passagers. Candide retrouve ...de ses moutons.	E (P3) : combat naval mort de Vanderdendur ⊕ mort des passagers ⊖ le mouton retrouvé ⊕	Pangloss/Martin (Il y a pourtant du bon... 52/37)	XX
...at de Martin et de Candide.	C : mouton	Pangloss/Martin (84-98/59-69)	

| | TEMPORALISATION | SPATIA-LISATION | A C T | |
			PERSONNAGES	CAUSALIT
	En vue des côtes de France (4/1)			[? nulle curiosité, 2
XXI	[même journée ?]			Intérêt (36/25)
				Passion des pourqu
	Arrivée à Bordeaux (64/46)	Bordeaux		
	[Durée indéterminée]	En route vers Venise (16/10-11)	– Académie des sciences de Bordeaux	Nécessité.
	Arrivée à Paris (21/14)		– voyageurs	Curiosité.
	[Maladie de Candide]	**PARIS**	– deux médecins, deux dévotes	Fatigue ;
	[Soirée au théâtre, puis chez la marquise de Parolignac]	– auberge	– un clerc	intérêt, cupidité ;
XXII	– Le lendemain... (307/229)	– Comédie-Française	– familiers de Candide	fanatisme.
		– chez la marquise de Parolignac	– un abbé périgourdin	Bel esprit et envie.
	Départ de Paris : même jour (383/284)	– chez la fausse Cunégonde	– des raisonneurs, Mlle Clairon	Cupidité et ruse.
			– la marquise de Parolignac, sa fille, ses invités	Naïveté de Candid
				Cupidité et ruse.
			– un homme savant (184/137)	Fanatisme (367/27
	[Durée indéterminée]	Dieppe (384/285)	– la fausse Cunégonde	
			– un exempt et ses gens	Dégoût de Paris.
			– le frère de l'exempt	
			– [un patron hollandais]	
	[Arrivée à Portsmouth]	PORTSMOUTH (mais pas à terre, 40/28)		Nationalisme et bellicisme.
XXIII	[Départ pour Venise]... au bout de deux jours (44/31)		– l'amiral Byng	
			– le peloton d'exécution	
			– les spectateurs	
			– un informateur anglais	
	[Durée indéterminée]	Voyage par mer jusqu'à Venise		
	[Arrivée à Venise] (47/33)			
	Plusieurs mois de séjour (13/8)	**VENISE**	– filles de joie	Solitude, mélancol
		– cabarets, cafés	– dames (22/15)	
		– [rues]		
XXIV	– dîner avec Paquette et Giroflée (48/36)	– place Saint-Marc	CANDIDE MARTIN PAQUETTE GIROFLÉE	Naïveté de Candid
		– appartement de Candide		
			CANDIDE MARTIN	
	– visite à Pococuranté le lendemain (XXIV, 178/137)	– palais sur la Brenta	– Pococuranté	Dégoût
			– deux jolies filles	de la possession,
XXV	[Durée indéterminée]		– [musiciens]	ennui, habitude.
	Cependant les jours, les semaines s'écoulaient... (200/149)	– retour à l'hôtellerie de Candide		

		ON	FONCTION	DÉSALIÉNATION	
		ÉVÉNEMENTS			
		...ide questionne Martin sur la France ...Paris. ...in consent à accompagner Candide à ...se. ...tions de Candide, sans lien ni fin. ...ute sur la méchanceté humaine, sans ...usion. (XX-XXI)	P2 : attendre Cunégonde à Venise E (P3) : sens de la méchanceté des hommes ⊖	Martin +/− (50-63/36-45)	**XXI**
		...ndon du mouton. ...lide se déroule de Venise vers Paris. ...lide malade à son arrivée à Paris ; soigné et ...uré ; pressé de se confesser dans les règles. ...é à la Comédie-Française : plaisir gâché par ...raisonneurs. Mené chez une fausse mar- ...e : Candide y est volé au jeu, y soupe, ...mpe Cunégonde avec la marquise. ...ré chez une fausse Cunégonde, Can- ...y est encore volé, et arrêté comme ...ect de régicide. Il fuit la France. (XXII)	D : mouton P : voir Paris A : abbé périgourdin E (P3) : Paris enfer (392/290) ⊖ E (P2) : Cunégonde trompée ⊖ E (P2) : faux rendez-vous ⊖ M : diamants dilapidés (49/37, 155/115, 273/204, 334/247, 354/262, 387/287)	Martin + (6/3) Pangloss + (grand homme... sage, 221/165 ; 238/178) Martin + (enfer, 392/290)	**XXII**
		...stions de Candide sur l'Angleterre. ...lide et Martin assistent, dans la rade ...ortsmouth, à l'exécution publique de ...iral Byng. (XXIII, 4-44/1-31)	E (P3) : action de démon (26/18) ⊖	Pangloss/Martin (4/1)	**XXIII**
		...ge de Portsmouth à Venise.	P2 : arrivée au rendez-vous (47-51/33-36) ⊕	Pangloss + (50-51/35-36)	
		...dez-vous manqué : désespoir de Candide. ...ns de Martin. ...perdu par Candide au sujet d'un ...tin et d'une fille, aussi malheureux ...s paraissaient réjouis. En la fille, Candide ...uve Paquette. ...d'argent pour les rendre heureux. ...et d'une visite au sénateur Pococuranté. (XXIII, 44/31 ; XXIV)	E (P2-P3) : ¢Cacambo ⊖ E (P3) : Martin ne cessait de lui prouver... (31/23) E (P3) : bonheur apparent, malheur réel ⊖ C : Paquette D : Paquette, Giroflée P : visite à Pococuranté = E (P3) : est-il heureux ?	Martin + (18-19/13-14) Martin − (148-176/114-135)	**XXIV**
		...e à Pococuranté : ses humeurs, ses paradoxes, ...nnuis, ses dégoûts. Nouvelle victoire ...Martin : Pococuranté n'est pas heureux.	E (P3) : Pococuranté ⊖	Pangloss + (64/47)	
		...nte de Cunégonde : Candide abîmé ...sa douleur (201/150) (XXV)	E (P2) ⊖	Martin +/− (186-199/138-148)	**XXV**

	TEMPORALISATION	SPATIA-LISATION	A C T... PERSONNAGES	CAUSALIT...
XXVI	[Durée indéterminée] <u>Un soir...</u> (4/<u>1</u>)	[<u>même hôtellerie</u>, 6/<u>12</u>]	CANDIDE MARTIN CACAMBO – Achmet III – Ivan – Charles-Edouard – un <u>roi des Polaques</u> – un autre <u>roi des Polaques</u> – Théodore roi de Corse – leurs six domestiques – quatre autres altesses	Fidélité de Cacam... Dangers de la puis... Vicissitudes de l'h...
XXVII	[même soir] ... <u>en peu de jours</u> (70/<u>52</u>) <u>La galère volait...</u> (129/<u>94</u>) ...<u>aussitôt...</u> (141/<u>103</u>)	Départ vers Constantinople (bateau d'Achmet III) [MÉDITERRANÉE] <u>Sur le canal de la mer Morte</u>, changement de bateau : une galère. Retour au port. Départ sur une autre galère.	– <u>patron turc</u> (4/<u>1</u>) CANDIDE MARTIN CACAMBO PANGLOSS LE BARON	... épouvantables <u>calamités enchaî les unes sur les autres</u> (53/<u>38</u>) ... <u>enchaînement des événements de cet univers</u> (XXVIII, 90/<u>65</u>)
XXVIII	[Durée indéterminée]	PROPONTIDE (mer de Marmara)	– [le patron turc] – les galériens – trois juifs (XXVII, 130/<u>95</u> et 141/<u>104</u>)	Désir, transgressi... répression. Désir, transgressi... répression. Esprit de système.
XXIX	[Arrivée en Turquie] – [Achat de la métairie]	TURQUIE <u>Petite métairie dans le voisinage</u> (22/<u>15</u>), non loin du rivage (XXX, 40/<u>28</u>), près de Constantinople, avec un jardin (XXX, 32/<u>22</u>)	CANDIDE MARTIN CACAMBO PANGLOSS LE BARON CUNÉGONDE LA VIEILLE – [le prince de Transylvanie]	Laideur de Cunég... Pressions de Cunégonde ; bonté de Candide. Noblesse et orgue...
XXX	– [Renvoi du baron] [Durée indéterminée] – <u>Il était tout naturel...</u> (21/<u>14</u>) – ... <u>un jour...</u> (49/<u>35</u>) – ... <u>un jour...</u> (69/<u>50</u>) <u>plus que jamais...</u> (67/<u>49</u> et 86/<u>63</u>) Il y avait... (87/<u>64</u>) <u>Toute la petite société entra dans ce louable dessein...</u> (164/<u>123</u>)	JARDIN Voisinage (87/<u>64</u>) Autre voisinage, plus immédiat (en retournant... 111/<u>82</u>)	– [le patron turc] – les juifs (27/<u>18</u>) – effendis, bachas, cadis CANDIDE CACAMBO CUNÉGONDE LA VIEILLE PANGLOSS PAQUETTE MARTIN GIROFLÉE – un derviche – un bon vieillard, ses deux filles, ses deux fils	Impertinence du... ron ; pressions de... gonde : plus d'in... plus de désir (au... envie, 4/<u>1</u>) Ennui, inaction. Curiosité métaphy... Esprit de système. Exemple. Profondes ... xions (140/<u>103</u>) Consensus pratiqu...

	O　　N	FONCTION	DÉSALIÉNATION	
	ÉVÉNEMENTS			
	etour de Cacambo, qui annonce que unégonde est à Constantinople.	C : Cacambo		
	uper avec six rois déchus qui passent le rnaval à Venise : ils racontent leurs lheurs à Candide et à Martin. on de Candide au roi Théodore.	E (P2) : retour de Cacambo ⊕ Cunégonde retrouvée ⊕ Cacambo esclave ⊖		XXVI
		E (P3) : destins royaux ⊖		
		E (P1) : puissances dangereuses ⊖		
	épart de l'hôtellerie de Venise pour le teau d'Achmet III. (XXVI)	E (P1) : Candide plus riche que six rois ⊕		
	flexions de Candide et Martin sur le t des rois et sur le souper. ndide apprend que Cunégonde est laide esclave. Il rachète Cacambo.	E (P1-P2) : Cunégonde vaut plus que cent moutons (12/8) ⊕ E (P1-P2-P3) : situation de Cunégonde M : plus que quelques diamants (55/40)	Pangloss + (15/9) Martin/Pangloss (53-56/38-41) Pangloss/Martin (62-69/45-51)	
	ndide retrouve Pangloss et le jeune ron dans la chiourme d'une galère. les rachète.	E (P3) : leçons de Martin ⊖ C : Pangloss et le baron E (P3) : retrouvailles ⊕ E (P3) : galériens ⊖ M : diamants pour les trois rançons.	Pangloss + (108/79)	XXVII
	baron explique sa présence aux galères.	E (P2) : histoires de désirs punis ⊖		
	ngloss raconte son histoire depuis pendaison à Lisbonne et explique présence aux galères.	E (P3) : histoires malheureuses ⊖		XXVIII
	ngloss renouvelle sa profession de foi imiste. isonnements divers et dispute générale. (XXVII-XXIX, 10/6)	E (P3) : Pangloss fidèle à Leibniz	Pangloss +/– (93-102/68-74)	
	rivée en Turquie. ndide horrifié à la vue de Cunégonde. a rachète ainsi que la Vieille. hat d'une métairie.	C : Cunégonde et la Vieille E (P2) : laideur de Cunégonde ⊖	Pangloss/Martin (3-10/1-6)	
	ndide disposé à épouser Cunégonde. position obstinée du baron e mariage.	P : attendre une meilleure destinée (24/16) E (P2) : épouser Cunégonde O : le baron son frère ⊖ A : Pangloss, Martin, Cacambo, la Vieille (XXX, début) ⊕		XXIX
	mariage de Candide et de Cunégonde, rès le renvoi du baron. (XXIX, 10/6-XXX, 20/13)		Candide + (avis de Cacambo suivi : 7-20/4-13)	
	lheurs aggravés : ruine, rancœurs, dis- sions, disputes, ennui de ne rien faire /40). our de Paquette et de Giroflée : relance vertiges métaphysiques. Martin près triompher. (XXX, 21-86/14-63)	E (P2) : Cunégonde épousée sans désir ⊖ D : le baron M (27/19) É : ennui (48/34) ⊖ ⊖ C : Paquette et Giroflée ⊖ E (P1-P2-P3) : débats infinis ⊖ ⊖ E (P3) : Martin conclut... (59/43) ⊖ ⊖	MARTIN/Pangloss... MARTIN/Pangloss... MARTIN/Pangloss... MARTIN/Pangloss... (37-86/26-63)	XXX
	çon du derviche : Te taire. çon du bon vieillard : le travail. plication profitable de tous à un nou- u projet. (XXX, 87-182/64-137)	P1 P2 P3 P4 : JARDIN ⊕ ⊕ ⊕	CANDIDE (139-182/103-137) Ralliement général.	

Le discours des coupes
et des titres

*Car il est impossible que les choses ne soient
pas où elles sont.*

(V, 90/65.)

Tout découpage marqué est en soi discours. Les effets
qu'il induit, de proportion, de scansion, de rythme, cons-
truisent aussi une certaine lisibilité, et donc font sens
— même si je refuse, lecteur réel, de « marcher » dans
le « bon » sens. A plus forte raison quand des titres ont
investi l'espace des coupes, ajoutant si l'on peut dire la
parole au geste. *Candide*, c'est aussi ces trente titres, ces
quelque deux cent trente mots de la « Table des matières ». C'est même cela qu'on lit d'abord, ce couplage
des titres et des coupes, imprimé *sur* le récit discontinu
de l'histoire. Pur *discours* (comme la page de titre qui se
découpe sur le tout), facile à cerner, mais complexe dans
ses divers rapports : à l'histoire, qu'il résume et com-
mente; au récit, qu'il réécrit autrement; et dans le travail
même du couplage qui le constitue.

Les coupes semblent ici répondre à quelques critères
évidents, associés ou non : le changement de lieu, l'intro-
duction (ou la réintroduction) de personnages, la transformation ou la tension des fonctions dramatiques; et d'autre
part la citation, l'interruption ou la clôture d'un dialogue
ou d'une « Histoire » intercalée dans l'histoire principale.
Division par scènes ou tableaux, clivage des registres narra-
tifs : ce découpage est conforme, en gros, aux usages et
aux codes de la diégèse classique.

Une anomalie évidente pourtant, et générale. Selon ces

critères, le texte présente *ailleurs* au moins autant d'autres coupes possibles (TAB) : trois déplacements sont décalés (IV-V, IX-X et XIII), un autre intervient au beau milieu d'un chapitre (III); de même cinq réapparitions et une séparation (VII : Cunégonde; XIV : le baron; XIX : Cacambo; XXIV : Paquette; XXVIII : Pangloss et le baron; XXX : Paquette et Giroflée). Plusieurs « Histoires » sont englobées ou fondues, et non marquées (IND). La dramatisation surtout présente de nombreuses scansions concurrentes, et par exemple (parmi les plus fortes) : la séduction fatale au milieu du chapitre I, la désertion du « héros » au milieu du chapitre II, le tremblement de terre au milieu du chapitre V, l'embarquement pour le Nouveau Monde (X), l'arrivée à la « première barrière » des jésuites (XIV), la décision de quitter l'Eldorado (XVIII), l'entrée dans Surinam, puis la trahison de Vanderdendur (XIX), l'arrivée à Paris, puis le faux retour de Cunégonde (XXII), etc.

Mieux : la plupart de ces scansions virtuelles sont *écrites* exactement comme des coupes, une pseudo-clausule et une pseudo-relance, et cette sorte d' « arrêt sur l'image » qui les rend sensibles :

[...] De tout ce qui étonnait Candide, ce n'était pas ce qui l'étonna le moins.

Ils passèrent un mois dans cet hospice. Candide ne cessait de dire à Cacambo [...] (XVIII, 144/*106*).

[...] et sans perdre de temps, il se jeta dans une galère avec ses compagnons, pour aller sur le rivage de la Propontide chercher Cunégonde, quelque laide qu'elle pût être.

Il y avait dans la chiourme deux forçats qui ramaient fort mal [...] (XXVII, 76/*56*)[1].

---

1. C'est une combinatoire assez complexe (aspects verbaux, récurrences, glissements sémantiques, mesures, figures, etc.), toute une rhétorique du *tempo*, dont on suggère ici l'étude.

Et des disproportions, dans le découpage effectivement marqué, accentuent encore ce déboîtement généralisé. Le plus long chapitre (XVIII dans l'édition originale) est cinq fois plus long que le plus court (XXIX) — et dans l'édition revue de 1761, XXII = XXIX × 8. Et chacun des autres est au moins deux fois plus court ou plus long qu'un autre, qui souvent se trouve juste avant ou juste après lui.

Bref, le livre pourrait avoir quarante ou cinquante chapitres, ou dix, ou vingt : il en a trente — et pourquoi pas trente ?

Considérées dans leur succession, et par rapport à l'histoire, ces coupes présentent deux séries dynamiques différentes, et même apparemment opposées[1]. La première (I-XVI) est dramatique : toutes les clausules ouvrent en fait l'histoire (ou la rouvrent) sur des enjeux immédiats (I : le sort même du héros — VII : l'accomplissement de son désir — XII : la validité du défi de la Vieille — XIII et XV : le salut du héros); sur des risques pressants (II : la bataille — IV : la tempête — VIII : le meurtre); sur des énigmes laissées pendantes (III : l'identité de ce « gueux » — V : le sens de ce « signe de tête » — VI : le projet de cette « Vieille » — IX : la teneur de cette conversation — X et XI : le mystère de la « naissance » de la Vieille, puis l'énigme résiduelle de son « derrière » mutilé).

Mais le discours des titres, systématiquement, travaille cette tension : il la suractive et la subvertit à la fois. Ou bien le titrage contrarie l'effet des clausules : Candide va « se sauver » de la bataille (III), et cet horrible « gueux » n'est autre que « son ancien maître de philosophie le docteur Pangloss » (IV), et cette Vieille le conduit vers Cunégonde (VII : « ce qu'il aimait »), etc.; ou bien il écrase le « suspense » d'un surcroît de risques : un séisme en

---

1. Précisons que la césure XVI/XVII n'est que l'un des repères d'une organisation possible de la lecture autour d'un pivot « Eldorado ».

plus d'une tempête (V), l'Inquisiteur en plus d'Issachar
(IX), les sauvages Oreillons en plus des jésuites (XVI), etc.
Bref, l'histoire s'emballe et s'affole, et la lecture, ainsi
amortie ou surdramatisée, distancie l'histoire[1]. A la fin,
les anthropophages devenant assez civils (XVI, fin), il faut
réactiver le drame en ressortant de la coulisse les Abares,
les Bulgares et l'Inquisition (XVII, début).

La seconde logique (XVII-XXX), différente dans son
articulation, tend aux mêmes effets de lecture et de sens.
Plus de coupes énigmatiques, plus de menaces imminentes.
Un grand enjeu, mais un seul — la réunion de Candide
et de Cunégonde : enjeu général (I-XXX), générique (l'un
des archétypes romanesques depuis Héliodore), dont la
récurrence peut bien être variée par des virtuosités d'écriture, mais qui reste toujours dramatiquement équivalent
de clausule en clausule (XVIII, XX, XXII, XXIII, XXVI,
XXVII, et même encore XXIX alors que Candide-Théagène
et Cunégonde-Chariclée sont enfin réunis!). Encore cet
enjeu n'est-il que passif : Candide « attend » Cunégonde,
et Cacambo, le véritable acteur de la quête (« son agent »,
XXVI, 23/15), est absent de la scène de l'histoire du
chapitre XIX au chapitre XXVI.

Or le discours des titres, cette fois, accentue l'inertie.
Ce qu'il annonce, ce ne sont plus les actions : ni l'arrestation
de Candide à Paris, ni le retour de Cacambo, ni la rencontre de Pangloss et du baron : scansions atones, dépla-
cées hors des coupes, enfermées dans la masse du chapitre[2].

---

1. Distanciation qui induit elle-même des effets de sens très
importants, qu'il faudra analyser.
2. Deux événements seulement sont marqués : la rencontre de
Martin (XIX) et la réapparition de Cunégonde (XXIX). Mais
Martin est anti-dramatique : il n'a « rien à espérer » (XX, 12/8), et
pour lui, « il n'y a plus rien d'extraordinaire » (XXI, 50/35). Et
avec Cunégonde réapparaît aussi la Vieille : « ... Cunégonde [est]
la Vieille » — elle a « les yeux éraillés », comme la Vieille à l'*incipit*
de son « Histoire » (XXIX, 17/11 = XI, 3/1).

Il n'enregistre plus que les deux modalités les moins enga-
gées de la présence au monde : « ce qui arrive » / « ce
qu'on voit ». Vagues titres des chapitres XIX, XX, XXII
et XXVIII : « ce qui arriva »[1]; et des chapitres XVII,
XVIII, XXIII et XXV : « ce qu'ils virent » / « ce qu'ils
voient » / « visite » — les mêmes syntagmes nivellent
le tout. Quant aux « Histoires » intercalées, pourtant plus
nombreuses, elles ne sont même plus signalées (titres
de XXIV, de XXVI, de XXVIII); et pourtant elles para-
sitent l'histoire principale, elles l'absorbent insensiblement,
jusqu'à la rendre presque réfractaire à toute nomination.
D'où ce bizarre « qui ils étaient » du titre de XXVI,
annonce problématique de six identités à la fois distinctes
et commutables. D'où surtout le titre ubuesque du chapitre XXVIII, impliquant dans la suite des « Histoires »
de Pangloss et du baron, non seulement Candide et Martin
qui ne font que les entendre, mais aussi Cunégonde qui
n'est pas encore là, et même d'autres encore, on ne sait
qui, tous envoyés à la trappe dans un vertigineux « *etc.* ».

Une formule provocante peut résumer ces jeux complexes, qui prolongent et entretiennent le grand travail de la
page de titre : ce découpage et ce titrage « *dés-écrivent* »
l'histoire et le récit tout en contribuant à les écrire. Et l'on
peut aussi avancer une hypothèse sur ce fonctionnement général : tout cela pourrait bien *mimer* (et donc *faire éprouver*
dans la lecture ainsi textualisée) les risques et les leurres,
les indécisions de la recherche d'un sens, le « jeu » enfin,
peut-être l'arbitraire, de toute « lecture du réel » qui se
voudrait totale, totalisante, totalitaire. La « généalogie »
(IND) des causes et des effets, les « enchaînements » d'événe-

---

1. Sémantisme moins dramatique (et moins pathétique aussi)
que celui des séries concurrentes de la première moitié de l'histoire,
le « devenir » (titres II et III) et l' « advenir » (titres V, IX et XVI).
Encore faut-il ajouter qu'en dépit des titres XX et XXVIII, il
n' « arrive » rien dans ces deux chapitres.

ments liés par une « harmonie préétablie » (XXVIII, 90/*65* et 100/*73*), c'est l'affaire des Pangloss : le texte s'écrirait contre eux, et même, pour cela, contre sa « Table des matières ».

Une rupture pourtant dans cette logique : le tout dernier des trente titres, que l'on peut commencer à interroger. C'est le seul titre dégagé des fonctions narratives de réécriture et de résumé, le seul qui soit *pleinement* investi des puissances du discours. Enfin, quelqu'un va livrer une « Conclusion » (un message, comme on a dit depuis), et manifester l'histoire comme *sens* : tel est le premier effet de lisibilité, après toutes les frustrations du découpage et du titrage, après ce discours à la fois redondant et déceptif, pléthorique et lacunaire. D'où ce problème, qu'on reprendra, du « rendement » textuel de ce chapitre par rapport à son titre : résolution, dépassement ou raffinement des leurres[1] ?

---

1. Les titres I (« un *beau* château »), VI (« un *bel* autodafé ») et X (« Dans quelle *détresse*… ») semblent inscrire d'autres signes d'un discours *sur* l'histoire et *sur* le récit ; il s'agit en fait d'inscriptions proleptiques de discours internes à l'histoire, et respectivement des voix de Pangloss (I, 46/*28* et 56/*36*), des Inquisiteurs (VI, 9/*4*) et de Cunégonde (X, 5/*2*).

Histoire/Discours
La dynamique du ressassement

*Quoi, dit quelqu'un, encore deux résurrec-
tions !*[1].

Dans toute cette histoire, l'évidence du désordre est
flagrante. Ouvrage trop « extravagant », insinua malicieu-
sement Fréron, pour être attribué à Voltaire[2]. « Ni ordon-
nance, ni plan », concéda Grimm, à qui pourtant cette
« gaieté » plaisait[3]. Un autre journaliste du temps parle
de « débauche d'esprit »[4], un simple lecteur de « délire »[5].
Un docte commentateur amorça l'analyse : « roman
décousu et dépourvu de machine, [...] enfilade d'événements
absurdes qui se précipitent sans liaison »[6].

On a déjà noté les difficultés les plus apparentes d'une
lecture dynamique de l'histoire : cette extrême atomisation
des actions et des fonctions, cette labilité du protocole des
coupes et des titres. Mais Voltaire a parlé un jour, à
propos de langues et de gestes, de « logique secrète » et
de « géométrie cachée » (D 14671). La même hypothèse
du bricolage structural pourrait convenir ici, appliquée à
l'organisation d'un discours qui immobilise en ressassement, jusqu'à l'aporie finale, les divers leurres d'un mouvement de l'histoire.

1. B 68, *21*. C'est le chapitre XXVII qui est visé, avec la double
« réapparition » de Pangloss et du jeune baron.
2. B 65, *209*.
3. B 64, *85*.
4. B 66, *122*.
5. Lettre d'un certain Du Tillot à Algarotti, écrite de Parme
le 13 mars 1759.
6. Sabatier de Castres, *Les trois siècles de notre littérature*, 1772,
III, 417.

On pourra analyser les principaux de ces leurres dynamiques :

1 / *Le voyage.* — Les personnages, à eux tous, font le tour du monde, et même plusieurs fois — mais en moins de cent pages, d'où l'effet global d'un marathon sprinté sur place. « Courons », dit l'aventurier Cacambo (XIV, 20/*13*). « Galopons », « Fuyez », « Tournons », « Suivez-moi », « Menez-moi », « Remenez-moi », « J'y vole », etc. Les cris de marche se neutralisent. « Il est certain qu'il faut voyager », glose sentencieusement Candide (XVIII, 85/*61*). Mais à l'appétit de « choses nouvelles » (XIV, 30/*20* et XVII, 34/*24*) répond le paradoxe de Martin : « J'ai tant vu de choses extraordinaires, qu'il n'y a plus rien d'extraordinaire » (XXI, 49/*35*). A quoi sert de voyager, si c'est pour trouver partout des hommes-loups, des hommes-ours, des hommes-éperviers, des hommes-tigres (IND, « Bestiaire »)? Dans la logique d'un nivellement des non-valeurs, tout est « déjà vu » ou « trop vu » : Cunégonde subit ce que la Vieille avait subi, Candide retrouve Paris tel que Martin l'avait laissé, et leur supplément de voyage ne vaut rien à Paquette et à Giroflée (XXX, 69-80/*50-59*). Même Cacambo doit constater que les deux hémisphères se valent (XVII, 7/*2*). Sans conclure avec Martin que l'on est « également mal partout » (XXX, 36/*25*), Candide avoue enfin : « Il y a horriblement de mal sur la terre » (95/*69*). « Il y a pourtant du bon », pourrait-il ajouter aussi banalement (XX, 52/*37*) — l'Eldorado, peut-être, dont Martin même admet l'exception (XX, 35/*24* et XXIV, 33/*24*), mais comment y rentrer après l'avoir quitté pour « courir » (XVIII, 156/*115*)? Voyage immobile, en somme, comme celui de la « souris » dans la cale d'un « vaisseau » (XXX, 98/*71*) : simple traversée, inerte et trépidante, de l'agitation du monde.

2 / *La quête.* — L'histoire centrale est à la fois quête, enquête et conquête. Elle se structure ainsi dès l'explication

des « bonheurs » (donc des désirs) du « petit Candide » (I, 62-71/*41-47*) : conquête d'une qualité (« être né baron »), quête d'un objet amoureux (« être » / « voir » / [avoir] Cunégonde), enquête d'un sens (« entendre maître Pangloss » : avérer « l'oracle »). Mais l'action complexe articulée à ces trois axes fonctionne systématiquement contre ces désirs et contre leurs objets.

Cunégonde perdue (I) est crue morte (IV), puis retrouvée (VII), mais reperdue (XIII), recherchée mais flétrie (XIX), attendue mais absente (XXIV), retrouvée enfin, mais si laide (XXIX) que dans la possession, le désir s'éteint : « Candide, dans le fond de son cœur, n'avait aucune envie d'épouser Cunégonde » (XXX, 3/*1*).

De même le projet de fortune : déplacé, différé, dégradé. Candide devient soldat (II), mais déserte (III), puis il sauve la fille du baron (VII-IX) et accède au capitanat (X), mais la qualité héroïque, même dans sa variante coloniale, lui reste interdite (XIII-XVI); l'ambition d' « acheter un royaume » ensuite (XVIII, fin), mégalomanie marchande du désir de noblesse, s'enlise bientôt dans les marais de Guyane (XIX, début) : ses « cailloux d'Eldorado » peu à peu dilapidés (XIX-XXX), Candide peut encore « racheter » Cunégonde, mais il devra « s'accommoder » d'une métairie (XXIX, 20-25/*14-17*).

L'enquête surtout est à la fois surchargée de signes et frustrée de sens. « Qu'est-ce que ce monde-ci ? » (XXIII, 5/*2*) : la réponse passe par l'inventaire, puisque l'Optimisme se veut doctrine du Tout[1]. Contre la panglossie, le pandémonium : le conte se fait compte. Mais jamais la somme

---

1. « Le Tout est bien » : vérité « panglossienne ». Le nom de *Pangloss* (Tout-langue) peut symboliser l'ambition de totalité systématisée, mais peut-être aussi l'élaboration totalement langagière, voire la « nigologie » totalitaire. « Charlatanisme » et « despotisme » sont les mots usuels de Voltaire pour parler des doctrines de créance absolue. Le mot de « Panglossie », repris de Pindare, figure aussi dans ses « Carnets » (*Notebooks*, éd. Besterman, 1968, p. 352).

n'est posée : aux dénombrements succèdent au mieux des récapitulatifs (IND). Jamais les personnages ne dépassent la réaction immédiate — « Voici le dernier jour du monde » (V, 50/*35*) —, la sentence stéréotypée — « Il n'y a rien de solide que la vertu » (XIX, 18/*11*) —, la question brute — « Faut-il vous avoir vu pendre, sans que je sache pourquoi ? » (VI, 42/*28*) — ou la comparaison creuse — « Qui pensez-vous qui soit le plus à plaindre, de l'empereur Achmet, de l'empereur Ivan, de Charles-Edouard, ou de moi ? » (XXVII, 52/*42*). Voir IND, « Comparaisons », « Débats », « Sentences ». Toute dialectique est exclue, d'autre part, entre les dogmatismes opposés, de Pangloss, bien sûr, mais aussi du très laconique Martin, presque « monogloss » à force d'être manichéen : « En un mot... » (XX, 50/*35*). Deux gags signalent l'impuissance de l'enquête : celui de la parole catastrophique, qui déclenche les tempêtes (IV, fin), les naufrages (V, 28/*18*), les arrestations (V, 106/*77*) etc. ; et celui de la « coupure de son » qui refoule soudain dans le silence, aux fins de chapitre, les interminables controverses (IV, V, XX, XXI et XXVIII). La même question candide peut ainsi traverser encore le chapitre de la « Conclusion » : « Eh, qu'est-ce que ce monde ! » (XXX, 84/*62*). L' « oracle » Pangloss entre-temps est devenu borgne.

3 / *L'apprentissage*. — Candide voit sans doute mieux, de ses yeux éberlués, mais il n'apprend rien non plus dans cette enquête : l'apparence et l'attente de ses progrès, c'est un autre leurre de l'histoire. Il a tout à apprendre, après l'heureuse disparition de Pangloss (VI). Et tout pour apprendre : plusieurs maîtres ès réalités (Jacques, la Vieille, Cacambo, Martin, Pococurante, les six rois), et les leçons combinées de son expérience propre et de celle des autres, avec leurs « histoires » exemplaires ; et surtout, en plus du « jugement assez droit » dont il est doté d'emblée

(I, 14/*4*), une sorte d'exactitude émotive, qui le fait souvent vibrer juste, si l'on peut dire : pleurer la mort de Jacques (VI), admirer le déisme « eldoradien » (XVIII), plaindre l'esclave colonial (XIX), s'indigner à l'exécution de Byng (XXIII), etc.

Mais la « machine » du texte, la « logique secrète » du discours, pour reprendre les images du temps, enraye ce dispositif favorable, et parasite jusqu'aux vraisemblances d'une psychologie de l'apprentissage[1]. Ici encore, le temps s'amortit : « Ils disputèrent quinze jours de suite, et au bout de quinze jours ils étaient aussi avancés que le premier » (XX, 92/*65*). Les désarrois de l'élève Candide, tels qu'on les constitue par l'analyse (TAB, « Désaliénation »), sont tôt réglés sur l'alternance mécanique des événements heureux ou malheureux : pure résonance amorphe des contradictions « optimiste » et « manichéenne », dans toutes leurs élaborations possibles (thèses, définitions, questions, raisons, slogans). A Pangloss, Candide aurait des objections à faire, mais Pangloss est absent ; à Martin, il doit concéder des évidences contraires, mais résiste par l'esquive et l'espoir : c'est le mouvement de la girouette. Il en est encore, à l'entrée du jardin, à « consulter », à « n'assurer rien », à « hésiter plus que jamais » (XXX, 7/*4*, 62/*45*, 67/*49*) ; ainsi avait-il été « élevé » dans le beau château : « à ne jamais juger de rien par lui-même » (XXV, 106/*79*).

C'est sur tous ces leurres, mais à la fois par eux et contre

---

1. Candide reste jusqu'à la fin *comme un débutant*, mais il faut lier mimésis et lecture, « psychologie » et « psychagogie » : l'invraisemblance du « personnage » est le *coût* d'une pédagogie de l'erreur — on reprendra plus loin cette analyse. La comparaison avec *L'Ingénu* serait ici curieuse, puisque le Huron fait dès le chapitre médian les « profondes réflexions » (X) que Candide ne fait qu'à la fin (XXX, 139/*103*) : l'Ingénu évolue et mûrit, se révèle à lui-même à travers les épreuves, et connaît une lente « métamorphose », de la « philosophie naissante » (XIV) à la « philosophie intrépide » (XX).

eux, que s'organise le formidable ressassement d'une histoire sans action véritable, sans nœud ni crise, et presque sans dénouement. Les séparations n'empêchent pas que l'on s'y retrouve, les retrouvailles que l'on s'y reperde, la mort même que l'on y revive, d'où le ressassement second des « histoires », deux par protagoniste, une tous les quatre chapitres. Et de l'une à l'autre, comme de chacune au récit central, les figures s'échangent en démultipliant les analogies et les équivalences. Figure du double : le fils du baron est « digne de son père » (I, 37/*21*), le savant de Paris « un autre Pangloss » (XXII, 221/*166*), Cunégonde une autre Vieille, Damiens un autre Clément (XXII, 370/*274*), etc.[1]. Figure du va-et-vient : Abares et Bulgares (IV, 37/*24*), Turcs et Russes (XII, 68/*50*), faibles et puissants (XX, 38/*27*), jansénistes et molinistes (XXII, 233/*174*), cadis, bachas et effendis (XXX, 43/*30*), etc. Figure de l'ordinaire : les « usages » de la guerre (VIII, 13/*9* et XI, 58/*42*), la peste « fort commune » en Afrique (XII, 46/*33*), comme il est « très commun » que des rois soient détrônés (XXVII, 21/*14*), etc. Lisbonne répète Lima (V, 69/*49*), les six rois la même scie carnavalesque (XXVI), les « fétiches hollandais » le même prêche raciste « tous les dimanches » (XIX, 52/*37*), la jolie dévote turque et la fringante marquise française la même ruse aguichante que la baronnette westphalienne (XXVIII, 73/*53*; XXII, 262/*196*; I, 92/*62*). Comble du système : cette figure elle-même récurrente de la satiété et du dégoût, inscrite dans les amours de Cunégonde (VIII, 32/*22*), dans les savantes recherches de Martin (XIX, 186/*139*), dans les plaisirs de la vie parisienne (XXII, 164/*121* et 206/*153*), incarnée surtout dans l'ironique ennui de Pococuranté parmi ses

1. Ce « jeu des paires » est analysé autrement dans B 63, *311-312.*

livres, incapable de supporter dans Homère « cette répétition continuelle de combats qui se ressemblent tous » (XXV, 67/*50*)[1].

> « *C'en est fait, il faudra qu'à la fin je renonce...* »
>
> (XIX, 59/*43*.)

A moins de cent lignes de la fin, rien n'est *fait*. Les rescapés du grand voyage en sont encore justement « à ne rien faire » (XXX, 56/*40*), dans une petite métairie turque achetée « en attendant » (XXIX, 24/*16*), et dont le « jardin », loin d'être « cultivé », n'est encore lui-même que l'occasion d'une nouvelle redondance : « Cacambo, qui *travaillait* au jardin [...] était excédé de *travail*, et maudissait sa destinée » (XXX, 31/*21*). Seul Martin prend « les choses en patience » (37/*26*). Tout reste donc suspendu à ce grand mot de « Conclusion » qui annonçait enfin, au trentième et dernier titre, l'émergence possible d'un *discours* sur toute cette histoire, ou du moins quelque nouvelle *lisibilité* de cette ample redite. Or, ce que le texte produit, c'est, au beau milieu du dernier chapitre, un redoublement de la formule inaugurale des contes : « *Il y avait...* ». Un autre début pour une histoire autre : fonction paradoxale à cette place, spectaculaire même, après une aussi longue rétention dynamique, et dont l'importance est trop occultée, dans la tradition critique, par la proverbialisation du mot de la fin. Il faut analyser, dans leur délicate mécanique, cette relance et ses effets.

---

1. Autoréférence dérisoire ? Comme circumnavigation autour d'un monde moderne déchiré, *Candide* tient à la fois de *L'Iliade* et de *L'Odyssée*. Cf. « un carnage continuel » (XI, 87/*64*) et « une guerre éternelle » (XXII, 237/*177*).

A l'ouverture de la « Conclusion », deux scénarios de fin s'inscrivent à la fois, dans une sorte d'élaboration, comme à haute voix, du procès narratif (21-37/*14-26*). Le premier, à peine « imaginé », est définitivement écarté, le second présenté d'emblée comme *réel*, c'est-à-dire accompli dans l'histoire par le discours même qui le convoque en révoquant l'autre. Le premier serait celui d'une fin « heureuse » : l'amour comblé, les conforts intellectuels (deux « philosophes »), les commodités pratiques (deux conseillers), la fortune — scénario ironiquement proposé comme « naturel » alors que la pente de l'histoire (« tant de désastres ») est exactement contraire : entendons « naturel » *pour Pangloss*. Le second est négatif : la pauvreté, un petit enfer conjugal, l'ennui, et pour les autres la fatigue et la haine, le désespoir et le refoulement — scénario *à la Martin* cette fois : la « léthargie » après les « convulsions » (60/*43-44*).

C'est sur ces données que le récit continue d'abord de s'élaborer (37-86/*26-63*), en approfondissant encore, si l'on peut dire, l'impuissance et l'inanité de tous les rabâchages accumulés, au point que Pangloss en vient même, chose assez grave pour un « oracle », à ne plus croire à ce qu'il dit. Non seulement on aboutit au Rien, aux « rien » de l'inaction (56/*40*), du désarroi (62/*45*), de la mauvaise foi (65/*47*) et de la misère (75/*55*); mais ce vide des êtres et des choses est souligné par le faux plein de discours toujours plus creux : on « dispute » d'abord « quelquefois » (38/*27*), puis viennent des « dissertations » qui « redoublent » (47/*34*), et qui se dédoublent en « nouvelles réflexions » (58/*42*), pour finir en vertige de ratiocination pure, sans plus d'enjeu, ni d'objet, ni de fond : le « philosopher plus que jamais » (85/*63*). L'espace et le mouvement se sont réduits aux plus proches va-et-vient — les épurations du sérail (39-46/*27-33*), les légumes à vendre (32/*22*). Le temps et l'action se figent dans les répétitions de

« l'ennui » (48/*34* et 61/*44*) : il n'y a plus que des pseudo-événements, des « un jour » (49/*35* et 69/*50*) aussitôt englués. L'histoire ne fait plus que de tout petits cercles, et retrouve de toute façon, qu'elle paraisse se fermer (« acheva », 66/*48*) ou se rouvrir (« engagea », 85/*63*), le même « plus que jamais » (67/*49* et 86/*63*).

Et si le texte s'arrêtait là ? sur cet effet confirmé et consommé de totale aporie ? « Détestables », on le veut bien, les « principes » de Martin (67/*48*), mais ils triompheraient absolument : « Je l'avais bien prévu, dit Martin » (75/*55*). C'est précisément ce triomphe que la « Conclusion » *mime* et *joue* d'abord, dans sa première moitié. On ne comprend bien la seconde, cette marche vers le fameux « jardin », qu'à partir de ce point paroxystique de la logique générale du ressassement : le pire est évité.

Ici donc intervient l'*incipit* de relance, cette figure secrète, enfin manifestée, qui ordonnait toutes les tensions de la « géométrie cachée » de l'histoire : « Il y avait dans le voisinage un derviche très fameux... ». *Deus ex machina*, comme on dit aussi. Mais le ressort n'est pas neuf, et *joue* encore. Il a déjà servi, pour introduire au chapitre précédent, sans qu'on y prête attention peut-être, la « métairie » qui va devenir « jardin » : « Il y avait une petite métairie dans le voisinage... » (XXIX, 22/*15*). Et la régénération du sens que semble devoir opérer ce « derviche très fameux » pourrait être au moins litigieuse, si sa renommée se trouvait surfaite ou ses oracles trop localement turcs : « ... qui passait pour le meilleur philosophe de la Turquie » — Pangloss aussi était en Westphalie, pour le petit Candide, « le plus grand philosophe de la province, et par conséquent de toute la terre » (I, 69/*46*).

Toute la « Conclusion » reste en fait travaillée d'ambiguïtés qui en fragilisent le progrès, la donnant à lire comme un accomplissement difficile et précaire :

— elle n'est pas développée, mais disjointe, en deux temps pour l'exemple (la rencontre du « bon vieillard » après la visite au « fameux derviche »[1]), et deux autres pour l'application (une dernière discussion précédant encore la mise en œuvre);

— elle n'est pas dynamisée, mais heurtée aussitôt par le claquement d'une porte qui se referme à peine ouverte[2], et freinée ensuite par le double silence des consultants après leurs deux rencontres, le texte inscrivant au contraire, exactement dans les mêmes termes, une inertie purement machinale (« en retournant », 111/*82* et 139/*103*);

— elle est même déboîtée à son articulation principale, à l'ultime rencontre, enfin positive, d'un homme vraiment heureux, la transmission de l'exemple s'opérant (134-143/*99-106*) à partir d'une question posée en porte-à-faux et d'une réponse laissée en l'air, d'un simple aphorisme prétendu « discours » et d'une plate évidence produite comme abyssale (« Candide fit de profondes réflexions »).

A ce point pourtant du processus, on a rejoint, même laborieusement, la question du « *faire* » qui commande toute cette fin. « Grande question », posée par la Vieille : « ... rester ici à ne rien *faire*? » (56/*40*), et demeurée alors sans réponse; reposée ensuite au derviche par Pangloss : « Que faut-il donc *faire*? » (99/*73*), mais avec le

1. Dans une variante abandonnée du manuscrit La Vallière, la réponse du derviche à la dernière question de Pangloss était plus longue : « Cultiver la terre, boire, manger, dormir et te taire » (B 2, *226*). Réduite à son dernier terme, elle *clôt* la scène, en la dissociant de la suivante.
2. C'est l'image même, étymologique, du signe de l'*aporie* : l'absence de *passage*. Le vieillard au contraire, qui se tient « à sa porte » (113/*83*), rouvre une issue : « Il fit entrer les étrangers dans sa maison » (124/*92*).

brouillage des présupposés de ratiocination, et donc renvoyée au silence : « Te taire, dit le derviche » (100/*73*). Cette fois, dans la transparence des « profondes réflexions » de Candide, on entrevoit l'esquisse peut-être d'un début de réponse : « *... s'être fait un sort...* » — un « *faire quelque chose* », un « *faire pour soi* », un « *se faire* »?

Or le texte se rouvre à nouveau à Pangloss et à son verbe, *contre* le « Te taire » du derviche, donc dans une sorte de complicité objective avec la panglossie apparemment vaincue et dépassée. Ses réitérations métaphysico-théologo-finaliste (158-161/*118-120*) et cosmolonigo-optimiste (172-181/*129-136*) étaient peut-être prévisibles, mais non cette logorrhée historico-chronologique par où son rabâchage reprend d'abord vigueur, d'une érudition très exactement informée, très pertinemment appliquée (145-156/*108-115*) : des *faits*, rien que des *faits*, envahissant et encombrant soudain tout l'espace d'une délibération sur le *faire*. Et jusqu'à l'extrême fin, même après que Martin le premier aura couplé et reformulé en injonction les deux leçons turques (« Travaillons sans raisonner », 162/*120*), même après que le récit aura accompli l'engagement collectif, le passage au « faire » du « jardin », les progrès et les succès de « toute la petite société » (164-171/*123-128*), le discours panglossien inscrit encore insidieusement, dans une histoire enfin sortie du « plus que jamais », le « quelquefois » (171/*128*) de l'erreur, les risques rémanents de l'aporie et de la régression.

Le mot de la fin lui-même, à le bien lire, est d'ailleurs pris dans un double tourniquet : celui d'une temporalité défaillante, où son avènement sentencieux (« répond*it* Candide », 181/*136*) reste contesté par le ressassement (« Pangloss dis*ait* », 171/*128*); et celui de sa propre redite (157/*117* et 182/*137*), qui en distancie peut-être, dans l'ambiguïté d'un ultime jeu, la valeur de clôture.

Dans l'article « Conte » du *Supplément* de l'*Encyclopédie*

(1776), Marmontel distinguera deux sortes de contes : ceux dont « l'intérêt » est « dans le nœud et le dénouement d'une action comique » et qui sont donc susceptibles d'une certaine étendue; et ceux que termine « un trait », qui doit être « un grain de sel, piquant et fin », et où il faut donc « aller au but le plus vite qu'il est possible ». Théorisation tardive et typologie étroite pour une forme et une pratique aussi libres, mais dont la rigueur excessive souligne justement, sous l'aspect dynamique, la singularité de *Candide*, comme d'un pseudo-conte, ou d'un conte *autre*. Les deux parcours semblent ici suivis, et subvertis. Une histoire complexe, d'abord, labyrinthique même avec ses errances, ses décrochements, ses retours, et cette quête d'un but et d'un sens, mais sans autre « intérêt » dramatique que la tension même de son désordre et de son immobilité. Puis dans le renouvellement gracieux d'un *incipit*, l'annonce d'une autre histoire, d'un conte bref qui sortirait enfin l'autre de l'impasse; mais le discours ainsi dramatisé en « Conclusion » se refuse aussitôt tout essor, tout élan vers un « trait », pour dire seulement la lente et difficile élaboration d'un vague « mot de la fin », nouveau mais à peine, ambigu, déceptif : résolution provocante, en somme, et qui renverrait la lecture aux pouvoirs de la raison critique et à la responsabilité d'un sens.

Bibliographie. — Analyse de l'histoire : B 32 ; B 33, *69-87* ; B 47 et B 48. — Lecture dynamique d'un rapport à l'ordre (autorité et causalité) : B 63. — Lecture de l'isotopie *parole* dans l'organisation de l'histoire : B 57. — Articulation de la « Conclusion » et de l'histoire : B 48 ; B 60 ; B 62 ; B 63, *309-312*. — Leurre d'une maturation du protagoniste : B 47, n° 5, *125* et B 32, *11-18*.

Ecriture/Lecture
La pédagogie de l'erreur

On ne vous a donc pas violée?

(VII, 55/*39*.)

La fiction se donne pour fiction. Pas seulement dans les enclenchements du titre et de l'*incipit*, dans le porte-à-faux du titrage et du découpage, dans la gratuité voyante d'un dernier « Il y avait... ». C'est une évidence continue, qui fonde et entretient l'écriture et la lecture du conte « philosophique ».

On ne cesse de conter dans ce conte, et le protagoniste tout le premier, cinq ou six fois à lui seul (IND, « Conter »). Le texte mime et parodie ainsi sa propre production. La Vieille, dont l' « Histoire » meuble la traversée vers le Nouveau Monde, vend la mèche : « Il [est] d'usage dans un vaisseau de conter des histoires pour se désennuyer » (XII, 152/*99*); et Candide est assez cultivé pour féliciter M. de Voltaire de l'originalité d'un épisode : « On n'avait jamais vu ni ouï conter que six rois détrônés soupassent ensemble au cabaret » (XXVII, 17/*11*). Mots d'auteur, comme on dit : les personnages sont traversés par le discours. Ailleurs, le texte s'économise en référant aux règles d'un développement virtuel. Libre à chacun de broder sur les plaintes du pauvre Candide, en sachant qu'il a dit « tout ce qu'il devait dire » (IV, 40/*27*), et sur la matière rare d'un portail d'Eldorado en imaginant « quelle supériorité prodigieuse elle devait avoir » (XVIII, 100/*73*) : le récit désigne ses vides, et donc le trop-plein d'un certain romanesque. La lecture au premier degré surtout est distanciée, avec ses attentes et ses larmes, et le fantasme de sa dévoration fascinée : c'est le pathos même, doublement cliché, des personnages s'écoutant l'un l'autre dans les situations de retrouvailles, Cunégonde et Candide (VII, fin), Candide et le jeune baron (XIV, fin), etc. Le comble peut-être de cette activité démystifiante : *Candide* est affiché à la fois comme *livre* intervenant dans un champ littéraire (« Que dira le *Journal de Trévoux*? », XVI, 21/*13*), et comme genèse, presque un *brouillon* en train de s'écrire (« Il était tout naturel d'imaginer... », XXX, 21/*14*). Tout confort est décidément impossible : les fictions feintes appellent une lecture lucide et critique.

La fiction est donc jouée dans sa mimésis même : le temps, l'espace, les personnages, tout est ordonné à une autre logique que celle de la structuration d'une vraisemblance. Voici quelques jalons pour une analyse qu'on pourra étendre.

La précision des indicateurs temporels est souvent impressionnante (TAB) : « deux jours » ici, là « un quart d'heure » ou « trois semaines », etc. Temporalité discontinue en fait (des intervalles manquent), donc non cumulative (les durées longues ne sont pas comptabilisables : quel temps total du château au jardin?). Et d'histoire à histoire, dans un grand luxe d'indices, rien ne concorde : l' « Histoire de Cunégonde » (VIII), avec les trois mois passés au service du capitaine bulgare et les six mois de résistance prétendue aux assiduités d'Issachar et de l'Inquisiteur, est absolument incompatible avec la chronologie parallèle des chapitres II à VII. C'est la temporalisation en trompe-l'œil des sketches et des revues, ou des jeux de lanterne magique. Une rencontre grand-guignolesque peut la résumer, celle des deux amants de Cunégonde tués par Candide à Lisbonne : à la simple explication d'un « marché » quelque peu « indécis » (VIII, 52-60/*38-44*), on s'attend à ce que leur double irruption trouble les tendres ébats des héros réunis; mais le récit ménage deux entrées successives dans la même nuit litigieuse, celle d'Issachar à la fin du sabbat (VIII, 115/*85*), celle de l'Inquisiteur « une heure après minuit » (IX, 23/*15*)... avant que l'exclamation larmoyante de Cunégonde ne les télescope « en deux minutes » (41/*29*) — système déréglé, dont la faille renvoie justement à d'autres élaborations de lecture et de sens.

Et la référence même à l'actualité contemporaine, si l'on y pense bien, ne s'ordonne pas davantage à une représentation réaliste. Ce n'est pas là un récit du genre « roman historique », même si l'histoire réelle est souvent citée et convoquée. Ni l'autodafé de Lisbonne (VI), ni les missions jésuites du Paraguay (XIV), ni l'attentat de Damiens (XXII), ni la mort de Byng (XXIII) ne forment scène ou tableau pour une esthétique du « faire vrai » : simples cautions de pertinence, de réalisme *idéologique* pour le discours où ils interviennent. De même pour le souper vénitien (XXVI) : les six personnages disent vrai, alors même que les six rois, dans la réalité historique, ne se connurent pas — ni ne purent se connaître : ils n'étaient pas contemporains.

L'espace n'est pas davantage décrit, ni proprement représenté : une mappemonde en kaléidoscope (TAB). Aucune complaisance possible à des « choses vues », ni du côté de Venise, ni du côté de Constantinople, ni même pour Paris où le récit s'attarde un peu — et plus largement dans l'édition augmentée de 1761. Venise, c'est « la place Saint-Marc » et « la Brenta » mais réduites à leurs noms (comme « l'opéra *alla moda* »), c'est le doge et les gondoliers, des macaronis et du Montepulciano : spatialité emblématique, à base d'allusions et de stéréotypes. Un icoglan, un cadi et un iman, quelques effendis et quelques bachas, du kaïmak et des cédrats confits : c'est assez pour figurer une Turquie. Il n'en faut guère plus pour évoquer Paris, entre faubourg Saint-Marceau et faubourg Saint-

Honoré : des « raisonneurs », un « folliculaire » et un « discoureur » de salon, un « pharaon », encore un repas — mais sensualisme gastronomique en moins : « Le souper fut comme la plupart des soupers de Paris » (XXII, 161/*119*), ce qui ne dit rien, pour une fois, du menu[1]. Somme toute, les lieux traversés par le protagoniste ne sont ni plus ni moins « réalistes » que les listes toponymiques des histoires intercalées (XII, 107/*80* et XXVII, 49/*35* par exemple) : il s'agit ici et là d'attester le texte comme parlant réellement du vaste monde des hommes, mais par une stylisation qui fait signe sans peindre.

L'illusion du personnage, dans cette stratégie, ne peut avoir lieu ni temps. Il y a les noms, disparates et transparents, entre type et caricature (La Vieille/don Fernando), symbole et calembour (Pangloss/Cacambo). Il y a les « caractères », simples et stables, et tôt fixés : les barons tout orgueil, Pangloss tout verbe et tout Optimisme, Cunégonde tout désir, Martin tout manichéisme et tout sang-froid, etc. Il y a les relations, tout aussi simples et stables : la prudence de la prudente Vieille, la fidélité du fidèle Cacambo, la bonté du bon Jacques, etc. Traîtres, rivaux, mentors, méchants et malheureux : des rôles, des emplois, des fonctions. Mais aucun n'est constitué avec ce qu'il faut ordinairement de combinaisons d'attributs, de variations et de transformations d'énoncés, pour induire les illusions de la « personne », les impressions de l'épaisseur, de la profondeur et de la complexité dites « psychologiques ». Pas un personnage *intéressant*, pour reprendre le grand mot de la poétique classique : pas un qui puisse susciter les rapports imaginaires de la participation, de la projection, de l'identification. Marionnettes, pantins,

---

1. L'isotopie « Repas » ne se réduit pas cependant à la fonction de typologie ethnique suggérée ici : elle appelle aussi une lecture idéologique, comme inscription du corps, du besoin, des *naturalia*.

silhouettes : la tradition critique en parle bien — on pourrait évoquer encore les plaques peintes, cartoons sur verre, de la lanterne magique.

Le protagoniste même, et lui surtout dans une telle stratégie, est construit sur ce principe de fonctionnalité primaire, avec la candeur d'une « âme » et d'un nom, donc un amour candide pour la belle Cunégonde, une foi candide en l'oracle Pangloss, un étonnement candide devant les contrariétés du monde, etc. Pas de portrait pour lui non plus, à peine un corps, épars dans la discursivité du récit : une taille de « cinq pieds cinq pouces » sous l'œil expert des sergents recruteurs (II, 22/*15*), la peau « blanche » et du plus bel « incarnat » sous le regard non moins expert de Cunégonde (VIII, 79/*57*), une vague barbe pour la turquerie finale (XXX, 132/*97*). D'intériorité pas davantage : les émotions qui sont dites les siennes sont systématiquement clichées, ravissements de « songe » (VII, 38/*26* et XXVII, 99/*72*), sombre ou noire « mélancolie » (XIX, 149/*112* et XXIV, 20/*14*), terribles douleurs où il « s'abîme » (XIX, 132/*100* et XXV, 201/*150*) — voire mélange détonant des extrêmes opposés (XXII, 319-322/*236-238* et XXVI, 22-25/*14-16*). Aucun recul par rapport aux événements, sinon pour les répercuter dans leur évidence brute, « épouvanté » d'un fracas « épouvantable » (VI, 36-37/*23-24*). « De profondes réflexions » pour finir, mais silencieuses, puis l'évaporation légère d'un vertigineux truisme (XXX, 139-143/*103-106*). Au total, dans la mimésis du texte, ni conscience de soi, ni maturation intérieure, on le redit, ne sont représentées : difficile au lecteur le plus fraternel d'embrasser ce non-personnage dans une lecture siamoise.

Une autre régulation textuelle affecte la fonction mimétique dans toutes ces élaborations déficientes : entre récapitulatifs, récurrences et réécritures, un bon tiers du texte *réfère* aux deux autres, et de bout en bout. Commencée à l'*incipit* du second chapitre, la remémoration ne s'achève qu'à la fin du dernier, avec l'effarante rétrospective proposée par Pangloss (XXX, 172-181/*129-136*). Dans l'intervalle, tous les personnages rappellent et se rappellent leurs aventures et leurs malheurs, surtout Candide dont c'est l'un des discours principaux (IND, « Récapitulatifs »). Plusieurs événements sont ainsi l'objet de multiples récurrences : les terribles « coups de pied au cul », le supplice des baguettes, la flagellation dans l'autodafé, le meurtre de l'Inquisiteur, etc. Jusqu'à la scie la plus usée : la pendaison de Pangloss, douze fois rappelée (IND). De la destruction de Thunder-ten-Tronckh, on a trois récits (IV/VIII/XV); deux autres de l'autodafé, ici sacrifice expiatoire (VI), là spectacle mondain (VIII). La « leçon de physique expérimentale » de Pangloss à Paquette (I, 72-81/*48-55*) se réécrit bientôt en contagion syphilitique dans le récit de Pangloss (IV, 52-56/*36-39*), et plus loin, dans le récit de Paquette, en présage d'une destinée de prostitution (XXIV, 70-75/*53-57*). Même l'« Histoire de la Vieille » a son récapitulatif (XII, 47-52/*34-38*), et son leitmotiv : la fesse coupée, d'abord prolepse (IX, 50/*35*, X, 22/*14* et 72/*52*), puis emblème de toute une vie (XII, 110/*83* et XXX, 51/*37*).

Or cette complaisance au mal, masochiste dirions-nous, qu'il faudrait supposer chez des « personnages » vraisemblables, n'est jamais motivée; la mémoire catastrophique de Candide, en particulier, nécessaire au fonctionnement d'un récit-inventaire, ne serait que pure aberration dans une lecture psychologisante. Et dans les relations entre personnages, l'échange de tous ces rappels déstabilise encore les « caractères ». A Cunégonde elle-même, le doux Candide rappelle le carnage de ses parents et son propre viol (VII, 55-61/*39-43*), et plus loin, au frère de sa bien-aimée, il lance crûment : « J'ai tiré votre sœur des bras d'un juif et d'un inquisiteur » (XV, 50/*36*) — jusqu'à demander

à Pangloss ce qu'il pensait de l'Optimisme quand il était
« pendu, disséqué, roué de coups » (XXVIII, 94/*69*).
Mais il faut cet irréalisme d'une candeur subvertie pour
que le discours du texte sur le mal soit lu comme réaliste.
Comme il faut que le valet Cacambo réplique insolemment
au baron que sa sœur « écure la vaisselle chez un prince
de Transylvanie » (XXVIII, 140/*102*), comme il faut que
Cunégonde revendique son viol comme un signe d'élection
(X, 62/*45*), etc. A cette prolifération de la récurrence, les
vraisemblances de temps et d'espace ne tiennent pas davantage : Paquette doit avoir « su » (XXIV, 66/*51*) l'inva-
sion bulgare et le saccage du beau château pour qu'ils
soient réinscrits dans le texte — et « su » d'où et quand,
peu importe —, comme elle doit « un jour » ramener
sa détresse à Constantinople, pour prouver la lucidité de
Martin, mais pour occasionner aussi l'ultime refrain de la
vérole de Pangloss (XXX, 66-85/*48-62*) — et peu importe
encore de qui, d'où et quand elle pourrait avoir appris
l'adresse exacte de la métairie.

Système apparemment transversal, l'autoréférence est en
fait première dans la structuration du texte : elle prime
sur le régime mimétique, elle en travaille sourdement les
illusions défaillantes. L'effet le plus visible, à cet égard, est
cette sorte de dilution du personnage dans un espace-
temps lui-même éclaté. Paquette et Giroflée, le baron et la
Vieille, tous les autres, Candide même comme secrétaire
comptable du pandémonium, ne sont que figures événemen-
tielles, des histoires de vies plutôt que des sujets. Dans
l'ombre du texte d'ailleurs, d'autres « personnages » sont
tapis, qui ne seraient justement que la même « histoire »
à dire et à redire : ces quatre altesses qui croisent les six
rois à la sortie de l'hôtellerie (XXVI, fin), ces onze galé-
riens de Marseille, de Naples et de Corfou, voisins de
banc de Pangloss et du baron (XXVIII, 81/*58*), ces passa-
gers de l'aller vers le Nouveau Monde et ces candidats

recalés au retour vers l'Ancien (XIII, 7/*3* et XIX, 161-198/*121-148*). Etrange duo que celui de Pangloss et du baron répondant d'une seule voix à l'appel de leurs deux noms : « C'est nous-mêmes, c'est nous-mêmes » (XXVII, 102/*75*); la Vieille généralise pourtant ce clonage, dans la « grande question » où elle transcende enfin les aventures individuelles en une expérience indistincte de viol et de mutilation, d'autodafé, de schlague et de galère (XXX, 49-56/*35-40*) : c'est le terme logique de cette distanciation d'un récit polymorphe[1].

> *On eut le plaisir de voir le combat tout à son aise.*
>
> (XX, 60/*42*.)

Ainsi libérée des adhésions faciles, la lecture peut se prêter aux jeux du texte. Deux plaisirs s'offrent surtout, redoublés par leur couplage paradoxal : un dérèglement systématique des codes, et qui se lit pourtant comme directif.

Conte merveilleux *et* récit historique : c'est *Candide* dès ses premiers mots. D'où la quête d'une belle baronnette, et au bout les écuelles de Ragotski (XXVII, 34/*24*); d'où les guérisons miraculeuses, en « trois semaines » (XV, 15/*10*) ou en « quinze jours » (XXVIII, 61/*44*), et l'horrible châtiment des vaincus de Culloden (XXVI,

---

1. Une interprétation voisine du titre XXVIII a été proposée plus haut (p. 66). Martin paraît seul échapper à cette conglomération des histoires et à ce pathétisme fusionnel. Il peut dire un « je suis » dans « la vérité du fait » (XX, 25/*17*) : seul « personnage » peut-être en ce sens. Mais le schématisme et la stabilité de ses attributs, et sa réductibilité quasi totale à un discours typé, relèvent de la logique générale — et il est d'ailleurs incorporé lui aussi au magma du titre XXVIII.

78/*57*), etc. Tout le texte, d'épisode en épisode, de scène à scène, de réplique à réplique, est ainsi traversé de tensions et de contradictions : burlesque *et* courtois, licencieux *et* sentencieux, dérisoire *et* pathétique, noble *et* bas. Une histoire d'âme (« cet amour, ce souverain des cœurs, cette âme de notre âme... », IV, 46/*32*) et une histoire de fesses — battues, flagellées, coupées. Et dans « cet amour » même, le double signe de Candide et de Cunégonde : un peu comme Céladon amoureux de Nana. Il y a là des hasards d'aventures comme chez Prévost, des soupers galants comme chez Crébillon, des auberges et des voleurs comme chez Lesage, des réflexions incidentes comme chez Marivaux, toutes les situations, les rôles, les régimes des romans à la mode. La Romancie non pas travestie, mais plus précisément miniaturisée, une sorte de micromécanique affolée et tournant à vide — dysfonctionnement plus radical en un temps où l'illusion romanesque était lente et patiente : le *Cleveland* a huit volumes et fait quinze fois *Candide*[1]. Deux siècles après, même sans autres références, on peut être sensible encore aux failles les plus ténues d'une écriture constamment syncopée et télescopée, au faux euphémisme des frais « appartements » de l'Inquisition (VI, 21/*12*), à des émotions larmoyantes distanciées comme « bruit » (VII, 52/*37*), à l'oxymore d'une « boucherie héroïque » (III, 16/*10*) ou d' « assassins enrégimentés » (XX, 42/*29*), à une assonance en « cochons » ou en « jambon » répondant à la morgue de fiers « barons » (I, 57-58/*36-37* et XVI, 16-17/*9-10*), à un déversement de pot de chambre tragiquement réécrit comme « ignominieux » (III, 72/*52*), à la pudique cédille d'un « reçutes » suggérant la cible de grands « coups de pied » (VII, 68/*49*), etc.

1. Pour les critères et les exemples d'une typologie du roman au XVIIIe siècle, consulter B 22.

Mais il ne s'agit pas ici de mimésis et de romanesque seulement — comme si l'écriture et la lecture pouvaient être dissociées du réel. Avec les genres, les styles et l'ordre littéraires, le dérèglement atteint aussi les discours et les codes sociaux auxquels ils tiennent, et les règles mêmes de leur entretien et de leur conservation — toute cette activité critique postulant par ailleurs un autre « ordre » à recomposer ou à inventer contre le « désordre établi » qu'elle vise. La guerre de Romancie dont *Candide* est le théâtre, des distorsions de l'*incipit* à la platitude du mot de la fin, est le signe d'un procès du *sens*. « Héroïsme », l'art de tuer et de détruire (II-III)? Evoquer les viols collectifs que taisent les romans « héroïques » et les pseudo-Mémoires aristocratiques, et le faire justement avec l'euphémisme des styles nobles (III, 27/*18*), ce n'est pas seulement transgresser des règles, c'est désigner l' « héroïsme » même comme imaginaire du réel, comme « roman ». « Roman » aussi la prétention de rapporter au sacré le « secret » des tremblements de terre et d'apaiser Dieu en brûlant des hommes « à petit feu » (VI). « Roman » la doctrine encore qui veut embrasser le Tout dans l'insuffisance d'une parole humaine et « soutenir que tout est bien quand on est mal » (XIX, 62/*46*). *Candide* est ainsi rempli de discours d'illusion travaillés et subvertis par la réécriture, voire par la simple citation — du discours nobiliaire (« le reste de son arbre généalogique avait été perdu par l'injure du temps », I, 21/*9*) au discours négrier (« Tu as l'honneur d'être esclave de nos seigneurs les blancs », XIX, 46/*33*), d'un certain providentialisme (« Il plut au Ciel d'envoyer les Bulgares... », VIII, 4/*1*) à un certain rationalisme (« car il était nécessaire que nous fussions libres... », V, 104/*76*), de l'hyperbole poétique (« ... effaçaient la scintillation des étoiles », XI, 17/*12*) au poncif culturel (« ... comme un monument de l'Antiquité », XXV, 77/*57*), etc. C'est comme une expansion renouvelée de la toute première distanciation rencontrée au premier chapitre, et qu'on a lue au début comme le seuil d'une entrée dans le réel et dans l'histoire : « ... le petit bois qu'on appelait *parc*... » (I, 73/49)[1]. Il suffit d'étendre et de varier l'écart originel pour que tout *Candide* s'en trouve, au moins sommairement, évoqué : cet ordre inhumain qu'on appelle chrétien, ces horreurs qu'on nomme héroïques, ces demi-barbares qui se disent civilisés, ce « Tout » que l'on dit « bien », cet *Optimisme*, etc. Tension des noms et des choses, des codes et de la référence, de discours prétendus vrais et d'une autre « vérité » qui se cherche : le « combat » même du texte depuis son titre.

On peut le lire, ce « combat », comme Candide assistant au sabordage de Vanderdendur au chapitre XX : « tout à son aise ». Parce qu'il est, comme l'autre, à la fois proche et distant : exhibé dans le jeu du déréglement. Mais aussi parce que ses suites, à défaut de son issue, ses variations et ses relances, sont continuellement *prévisibles*. On parle ici d'un *système* de la prévisibilité, organisant dans l'écriture une sorte de raisonnement des désordres ; et donc aussi du *plaisir* de lire à l'avance, plus tôt et mieux que les personnages, la directivité des erreurs et des échecs.

On peut démonter le système dans ses principaux facteurs :

— des *noms-programmes*, qui fixent les personnages dans des *rôles* (Candide et Pangloss, bien sûr, dans la candeur et la langue de bois, mais aussi les Thunder-ten-Tronckh dans le noble courroux, Pococuranté dans le détachement désœuvré, etc.) ou des « épithètes homériques »

---

1. Inversement, ce sont les « Eldoradiens » eux-mêmes qui distancient le nom donné de l'extérieur à leur « pays » : « l'Eldorado », comme on le verra, n'a pas de nom.

qui leur tracent un *destin* (le « fidèle » Cacambo reviendra, le « sang-froid » de Martin le rendra inattaquable, etc.);

— les *titres* de chapitres, lorsqu'ils projettent en aval de la lecture, comme on l'a montré, l'évidence de la suite ou lorsqu'ils rompent brusquement les suspenses à peine noués;

— la *prolepse* d'indices absolus du leurre avant les séquences de duperie du protagoniste : la délibération des recruteurs précède l'enrôlement forcé (II, 14/*10*) et les apartés de Vanderdendur scandent le marchandage piégé (XIX, 108-125/*82-93*); le nom même de la marquise de Parolignac (XXII, 142/*106*), recoupant l'origine périgourdine de l'abbé (XXII, 52/*39*), deux fois rappelée (80/*59* et 117/*87*), signale le contrat du rabatteur et de la chasseresse, et lorsque l'abbé vient à chasser pour son propre compte, le texte annonce plus clairement encore son « dessein » (280/*209*);

— une prolepse de plus longue *portée*, dont on reparlera, dessine même la pente générale des douze derniers chapitres et relance le cycle de la négativité, une fois refermée la parenthèse heureuse du séjour en « Eldorado » : « Les deux heureux résolurent de ne plus l'être » (XVIII, 158/*117*).

— des *suites* surtout se constituent, qui deviennent séries, puis *constantes*, et il se confirme dès lors, d'occurrence en occurrence, dans une lecture d'anticipation, que le mal dominera, que tout mieux ne sera que provisoire, que toute controverse sera vaine et toute théorie impuissante, que tout nouveau personnage débitera une nouvelle « histoire » et que chaque nouvelle « histoire » alourdira de nouveaux désordres et de nouveaux malheurs la somme toujours ouverte des autres malheurs et des autres désordres, que tous les beaux moutons de « l'Eldorado » seront détruits et leurs richesses perdues[1], que jusqu'à la fin Candide sera dupé[2] et qu'il n'aura jamais ce qu'il cherche : « la belle Cunégonde », la fortune et les certitudes d'un sens total — bref, que toute cette logique du mal en pis ne produira au mieux qu'un tout petit bien, inespéré et pourtant prévisible à son tour dans l'excès même des pires maux.

Une figure ponctuelle, au chapitre III, peut emblématiser cette écriture de la prévisibilité, c'est celle du seau malodorant versé sur le chef du pauvre Candide par l'épouse scandalisée du prédicant hollandais (66-70/*47-50*) : vision en surplomb d'une silhouette, articulation du projet et du jet, lente décomposition du mouvement — et brusquement, le regard prend encore du champ et de la hauteur pour désigner, dans la cause de l'effet, l'effet d'une autre cause, cet excrémentiel du fanatisme religieux. Mais c'est là le cas extrême, rare en tout cas[3], d'une analyse des couches superposées de la sottise et de l'erreur (naïveté de Candide, intolérance de « l'orateur » et fanatisme de son épouse) et des dérèglements qu'ils occasionnent. Généralement le plaisir de prévoir et de mieux voir n'est pas si confortable, il désire le sens mais n'en est pas gratifié si facilement : on peut analyser ce *plaisir* paradoxal.

Il tient essentiellement à cette *mise en spectacle* des leurres, des insuffisances, des impuissances dont l'histoire multiplie les situations et les acteurs. Candide surtout, bien sûr, cherchant à valider les vérités apprises, et toujours berné ou déçu, « toujours étonné » (XVI, 52/*36*)

---

1. Petit problème de *cent* moutons (XVIII, fin) dont, au bout de *cent* jours de marche, *deux* survivent (XIX, début) : que prévoir ? Réponse : la brièveté du sursis (XIX, milieu).
2. « Friponné » encore au début du chapitre XXX (27/*18*).
3. La séquence se clôt sur un énoncé de pur *discours* (« O ciel, à quel excès se porte... »), comme on en rencontre très peu.

— « la victime dont on rit »[1]. Mais les autres aussi, Pangloss le borgne, Cacambo qui veut toujours « courir », Martin même dont le manichéisme brouille la clairvoyance[2], le jeune baron enfermé dans sa noblesse et qu'il faut chasser enfin. Tous mauvais lecteurs de leur propre histoire : le plaisir est de les voir tels, et d'éprouver, dans la prévision des suites, comme une maîtrise qui leur échappe.

Mais cette pédagogie de l'erreur dont la lecture élabore les moyens ne rencontre nulle part un nouvel ordre de vérité qui serait constitué, et dans la mimésis, et par le discours, en haut lieu d'un sens : à l'excitation d'une conscience critique, elle ajoute seulement le *besoin* d'un sens — quitte à en frustrer l'attente.

Bibliographie. — Sur toutes ces questions d'écriture : B 29 ; B 32, *1-28* ; B 47 ; B 48 et B 52. — Dérèglement des codes romanesques : B 45 et B 49. — La version « Lumières » de la distanciation : B 23. — Contraste, répétition, dénombrement : B 3, *52-61*. — Non-psychologie des personnages : B 29, *22-26* ; B 32 ; B 33, *87-95* ; B 46. — Analyses narratologiques : B 47.

1. B 52, *195*.
2. Martin devine bien les malheurs secrets de Paquette et de Giroflée (XXIV), puis de Pococuranté (XXV), mais il a prédit à tort que Cacambo et Cunégonde ne reviendraient pas (XXIV, 28/*20*).

Texte/Idéologie
La provocation du manque

« *C'était bien la peine...* »[1]

Comme texte d'un récit toujours projeté vers sa propre évidence, *Candide* se construit enfin sur la provocante évidence d'un manque. Le mot de la fin consomme et résume l'effet, en renvoyant largement la lecture, bien au-delà du petit tourniquet de son insuffisance, au grand cercle de l'histoire entière.

« *Il faut cultiver notre jardin...* ». — Trouvé au dernier instant, lisible aux toutes dernières lignes de la fiction, le mot *renvoie* d'abord à son absence, au proche exemple turc, et cette exemplarité même au miraculeux « Il y avait » qui l'a produite *in extremis*; puis, en amont encore, il renvoie à l'insistante aporie, cette aporie aux longues erreurs de la quête et aux longues errances du voyage, et ce voyage et cette quête à la perte du bonheur premier, donc finalement à ce bonheur même : aux certitudes massives du philosophe Pangloss, aux touchantes rondeurs de l'appétissante baronnette, à la puissante protection du seigneur et maître. Mais ce « Tout est bien » lui-même était d'emblée fragile, d'une double fragilité : dans la mimésis celle de la bâtardise du héros, qui l'en chasse aussitôt; dans le

---

1. B 68, *22*. Dans la fiction d'une conversation de salon, il s'agit d'une critique systématique de *Candide*, précieuse par son attention aux diverses transgressions d'idées, de codes et de styles. C'est ici l'hôtesse qui parle : « Quoi, dit-elle avec un ris d'indignation, c'est là le dénouement de tant d'aventures merveilleuses ? C'était bien la peine de dresser un si beau théâtre, de faire naître de si grands événements, de ressusciter des morts, pour amener tous les acteurs de la pièce à planter des choux et à mourir de faim ! »

discours celle de son fracassant *incipit*, alliant à une *West-phalie* meurtrière et déchirée le *Il y avait* des fables heureuses ou faciles — « bâtardise » de codes, plus monstrueuse, pour souligner la véritable faille, l'*historique* fondant l'« histoire »[1]. C'est à cet *Il y avait en West-phalie* que s'articule en fait, une fois les leurres du mouvement amortis, l'implicite « Il y avait dans un jardin » de la fin — ce que signale obliquement aussi, même dérisoire, l'ultime finalisation panglossienne : « car enfin, si vous n'aviez pas été chassé d'un beau château... » (XXX, 173/*130*).

Or cette circularité accentue la faille initiale, en avive la blessure. Il faut se rappeler peut-être, pour éprouver autrement le formidable effet de manque ainsi dynamisé, ces attentes et ces appels dont on a lu plus haut les échos, à la fin de la section biographique (p. 24-30). Un pseudo-conte pour les temps présents, une fiction feinte et qui dira l'*histoire*. Et Voltaire enfin va *parler*, voici sa « Conclusion » et (comme on dit) son dernier mot, sur tout ce qu'implique et symbolise la référence westphalienne, sur tout ce désordre et ce dérèglement des choses, que mime et distancie le récit de la quête. Votre « Conclusion », Monsieur de Voltaire ? Candide « conclut » : son mariage (XXX, 6/*3*) ; Martin aussi « conclut », et même deux fois : à la mort du baron (XXX, 12/*7*), mais son verdict n'est pas suivi ; et à l'alternative d'une condition humaine ou léthargique ou convulsive (XXX, 59/*43*), mais ces « principes » sont « détestables » (67/*48*). De vraie « conclusion » cependant, aucune formellement : aucune moralité pour cette fable, pas même un « en somme » à défaut d'un « donc », juste un petit signe d'encouragement aux per-

---

1. C'est d'ailleurs la guerre qui accomplit irrévocablement la perte du château — la *Westphalie* tuant le *Il y avait* — dans le récit *triplé* des chapitres IV, VIII et XV, alors que la bâtardise du héros est dégradée en leurre par le mariage final.

sonnages, reconvertis — « louable dessein » (164/*123*) —
en jardiniers. D'autres récits voltairiens, avant *Candide*,
finissent par l'esquive : « un livre tout blanc » pour
Micromégas (1752), un heureux cocuage pour l'*Histoire
des voyages de Scarmentado* (1756); mais il s'agit ici de
l'actualité la plus brûlante, de l'histoire des lecteurs autant
que des personnages.

Lu dans l'ordre du discours, et comme rétention d'un
sens si l'on peut dire, le petit « jardin » si calme garde
quelque chose encore du paroxysme de l'aporie des « philosophes » (86/*63*) : ce n'est plus le « rien », c'est un
mieux certes pour les personnages, après le pire évité de
justesse — un presque rien peut-être (« ... plus rien que
sa petite métairie », 27/*18*), qui même peut rapporter
« beaucoup », du moins dans la mesure du « petit »
(165/*124*). Mais que dans une Turquie d'opérette quelques
rescapés d'une hécatombe, quelques victimes échappées
au pandémonium, trouvent enfin un peu de bonheur dans
un « louable » sauve-qui-peut : la belle réponse au malheur
des temps que ce douceâtre zoom final sur des cédrats et
des pistaches. « C'était bien la peine... », s'écrie-t-on dans
les salons. Fréron parle aussi, réagissant autrement à cette
clôture des négativités de la fiction, du « miroir révoltant »
de *Candide*[1]. Mais Voltaire tenait assez à la provocation
circulaire de l'*incipit* et du *jardin* pour la raviver encore
en 1761, on se rappelle peut-être comment : en l'arti-
culant, plus haut toujours, dès la page de titre elle aussi
remaniée, sur l'inscription *Minden*. Au lieu donc de mythi-
fier en soi le mot de la fin, il faut plutôt revenir à la
faille première des *fables* que les hommes se racontent *sur
le réel de leur histoire* : affabulation dont justement la
« Conclusion » même achèverait de déjouer le désir et le
leurre, en les poussant à la limite.

---

1. *L'Année littéraire*, année 1760, III, 165.

« Je hais [les fables] des imposteurs »[1].

Dans ce scandale du manque, on peut essayer de lire enfin l'investissement paradoxal d'une positivité dont le *besoin* s'inscrirait là en creux. Cette textualité de déficience, on propose de la renouer à l'enjeu d'un *réalisme* des « Lumières ».

Il faut repartir peut-être de cette saturation des signes du réel dans le texte, par les modalités concurrentes de l'inventaire factuel, de la série événementielle, voire de la pure énumération — quelques inscriptions types, entre cinquante autres : la généalogie de la vérole de Pangloss (IV), le catalogue des vices (XXI) et le martyrologe de la royauté (XXX), le voyage parmi les livres de Pococurante (XXV), le curriculum de Cacambo (XIV) et le carnet de rendez-vous de Paquette (XXIV) —, sans compter les systèmes déjà signalés de l'autoréférence et du récapitulatif. Le récit s'étend, prolifère et se démultiplie, on l'a dit, comme pour embrasser la totalité des choses, toutes les conditions et tous les métiers, tous les lieux et toutes les situations, et en insinuant encore d'autres virtualités latentes. Mais ce qui s'analysait comme un ressassement dans l'ordre dynamique peut ici faire sens autrement : comme le signe obsessionnel d'un énorme débordement de réel brut, implosant les discours d'ordre, en sursis de sens.

A ce trop-plein qu'il figure et entretient sourdement, le texte articule et oppose une vacuité des discours du Tout : c'est postuler l'irréalisme de métaphysiques ignorant « les choses de ce monde » (II, 80/59). Le mal existe : même un optimiste peut le rencontrer — ces corps explosés du village abare (III, 29/20), fascinant d'emblée le regard

---

1. *L'Ingénu* (1767), chap. XI.

vide de Candide. *Item*, l'esclavage. *Item*, la fanatisation, l'oppression, l'exploitation. Mais les orthodoxies ou les doctrines du mal, en prétendant l'absoudre (donc « Tout est bien ») ou le dissoudre (donc « l'homme est né pour... », finit aussi par « conclure » Martin, XXX, 59/*43*), dans un sens déjà-là, qui le totalise ou le transcende, ne sont plus que des *mythologies*, aliénées d'un réel qui toujours leur résiste et les contredit. Non seulement le mal ne se dialectise pas (manque essentiel que celui d'un face-à-face, attendu pourtant, de Pangloss et de Martin), mais même il n'a pas de sens proférable : aucune réponse possible aux questions et aux hésitations de Candide. « *Mais* mon révérend père, il y a horriblement de mal sur la terre » (XXX, 94/*70*) : c'est à l'ultime curiosité métaphysicienne, traversant encore le constat, d'un sens qui serait *à dire*, que répondent le « Qu'importe » et le « Te taire » du derviche. D'où surtout cette étrange métaphore de l'armateur et des souris, qui *dégage* enfin, dans l'hypothèse même (Voltaire y croyait) d'un plan divin du monde, l'autonomie d'un espace d'existence où les « souris » humaines, libérées de toute complaisance à un mystère du Mal, soient investies de la responsabilité de leur « aise » — de leur sort et de leur bonheur *réels*[1].

De même, au seul endroit du texte où se lise, en dehors du titre, le grand mot d' « Optimisme », c'est à l'*existentiel* (« on est ») que se trouve brutalement renvoyé le « Tout est » des théologies et des cosmologies, dans une étonnante définition où le pathétique déconstruit radicalement le système (XIX, 62/*46*) : « la rage de soutenir

---

1. Par où l'on voit l'écart de *Candide* et d'un certain mysticisme du mal, si l'on peut dire, dont telle réflexion de Cioran par exemple donnerait l'idée : « N'avoir rien de commun avec le Tout, et se demander en vertu de quel dérèglement on en fait partie » (*Cette néfaste clairvoyance*, 1986).

que tout est bien quand on est mal »[1]. Par rapport aux idéologies du mal s'inscrit ainsi très fugitivement ce qu'on pourrait appeler un « effet Locke » de *Candide*, en référence aux vertus réalistes d'une démarche tout empirique de l'auteur de l'*Essai sur l'entendement humain* (1690), que Voltaire admirait tant comme le premier liquidateur d'autres « métaphysiques », celles de l' « âme » (*Lettres philosophiques*, 1734, 13e lettre). Au moins le renoncement final au « raisonner », dans le « jardin » de Candide (162/*121*), peut-il alors se lire comme l'indice primaire d'un nouveau rapport aux choses; ce manque, référé aux vertiges du « philosopher plus que jamais » (86/*63*), est déjà, si peu que ce soit, positif : l'amorce fragile d'un ressaisissement.

Mais partout ailleurs et d'un bout à l'autre, le récit mime la grande misère d'un monde privé des « Lumières » et de leur nouveau *réalisme*. L'homme y est animal, le pouvoir violence, la société jungle, l'amour brutalité, la culture ennui, la religion barbarie. Provocation insultante pour des soi-disant civilisés : les sauvages Oreillons (XIX) sont moins anthropophages que ces prétendus « sages » de Lisbonne (VI) brûlant des hommes « à petit feu ». « Miroir révoltant », disait bien Fréron : une humanité régressive partout rampe et souffre, chair à canon et graisse à bûcher, nourriture au siège d'Azov, outil dans les sucreries d'Amérique. Martin pourtant ne triomphe pas dans cette grande carence d'un sens humain des choses : il n'est qu'une figure de cette radicalisation du manque. C'est dire que la crise des « Lumières » où s'inscrivait *Candide* s'écrit ici comme dépassable, au prix d'une conscience réactive des enjeux et des risques. Quand l'Histoire bégaie ou panglossise, un livre ne suffit pas : il faut des lecteurs pour

---

1. Formule *incipit*, qui réécrit la dé-fabulation première : « la rage de soutenir » n'est qu'un autre « *Il y avait...* ».

continuer l'œuvre. *Candide ou des Lumières*, mais dans une dure ascèse de doute et de leurre. Pas un euréka : l'amorce d'une heuristique.

« *Il faut cultiver notre jardin.* »

On a donc mythifié derechef le « jardin », on en refait le « Tout est bien » d'un poncif « Lumières » — tant il est difficile d'accepter l'idée d'une *fin* qui dirait fermement et lucidement que l'homme est *nu* (comme on dit : le roi est nu), donc *responsable* de soi et des choses, d'une histoire et d'un sens. On voudrait à toute force qu'après avoir montré les vides et les failles du sens, exploré les béances du monde et gratté les blessures d'une civilisation, « l'auteur » reconstruise enfin un univers, un microcosme au moins, aux significations symboliques miraculeusement pleines à nouveau. « Cultiver notre jardin » : agir, œuvrer pour un progrès, tendre la main à une humanité fraternelle, vouloir et chercher la maîtrise d'un destin collectif, prendre en somme pour « jardin » une « terre des hommes » où « travailler » ensemble. Cette lecture maximaliste, investie dans un certain discours de commentaire, est assez récente[1]. L'anachronisme la guette peut-être, lorsqu'elle emprunte ses formules à de nouvelles idéologies de l'action; mais tendanciellement, c'est vrai, la valorisation d'un devenir terrestre de l'homme peut être rapportée à ce temps : la vieille orthodoxie contraire de l'expiation justement, dans

1. Elle paraît coïncider avec le processus lui aussi récent de l'institutionnalisation de *Candide* comme texte scolaire, dont il sera question plus loin ; elle a sa variante moralisante et civique, apparue semble-t-il à l'issue de la dernière guerre mondiale, d'où la citation fausse du « Cultivons » qui se rencontre ici et là dans le discours social.

l'une des dernières sorties de Pangloss, est sur la défensive[1]. Le risque est plutôt d'induire, à partir d'une plénitude du « jardin », l'idée d'une œuvre à thèse, d'un texte tout orienté vers la positivité d'une fin. D'où le retour des *-ismes* pour en parler : « progressisme », « méliorisme » (?), « pessimisme, mais viril » (??), voire... « optimisme » (!!!). Ce serait là, au fond, l'effet pervers de la dynamique même du texte : une réaction de compensation à l'effet général de déceptivité. Mais mieux vaut peut-être laisser jouer les provocations et les violences de *Candide*, et assumer, dans le refus de tout autre *Optimisme*, dans la résistance ultime aux idéologies closes, le renvoi de la lecture au réel : à chaque lecteur ses « Westphalie » et ses « Minden », les « Paraguay » et les « Surinam » de son temps. Histoire d'impuissance et d'aveuglement, à l'usage de ceux qui veulent *sortir* des jardins de la candeur.

Bibliographie. — *Candide* comme discours sur l'histoire : B 32, *29-40* ; comme trace et lieu d'une mutation idéologique : B 53. — Le « jardin » : B 32, *40-57* ; B 33, *55-66* ; B 35 ; B 58 ; B 60 ; B 61 ; B 62.

---

1. « Ut operaretur eum » (**XXX**, 160/*119*) : dogme chrétien d'une nécessaire relation du travail et du péché ; mais le travail de la citation (« mis dans » au lieu de « chassé de ») la retourne subrepticement contre la source et l'autorité.

Analyse textuelle :
« l'Eldorado »

... et ce qu'ils y virent.
(XVII, titre.)

Par leurs titres, les chapitres XVII et XVIII se donnent à lire comme un ensemble, et même une continuité plutôt qu'un diptyque : l'unité d'un « pays d'Eldorado », mais sous un même regard, celui des personnages eux-mêmes. Ni discours, ni description ne sont annoncés, mais la focalisation d'un rapport interne à l'histoire : Candide et Cacambo dans leur relation au « pays d'Eldorado »; et l'écart qui réglait jusqu'alors le jeu des deux regards, l'un naïf, l'autre réaliste (XVI, *52/36* encore : « Mon cher maître, vous êtes toujours étonné de tout »), s'annule ici, curieusement, dans la même surprise — « la même admiration et le même égarement » (XVII, *86/65*, *115/88* et *132/101*). Mais la redondance des deux titres inscrit aussi une faille : l'arrivée est annoncée (XVII), non le départ (XVIII) ; or, dans le texte, le départ est plus longuement dramatisé (XVIII, *144-213/106-157*) que l'arrivée (XVII, *4-46/1-34*). Autre porte-à-faux, qui pourrait également travailler les perspectives focales : c'est comme si les personnages, trop occupés à regarder « ce qu'ils y virent », trop fascinés par leur « pays d'Eldorado », occultaient leur propre départ, ou n'en percevaient pas le sens — un sens machiné en texte, bien sûr, et visible et lisible dans une lecture lucide. Observons d'emblée, pour ouvrir cette analyse, que la phrase de relance qui clôt l'épisode (XVIII, *156-160/115-118*) articule très précisément, sur l'expression voyante d'un plaisir de voir (« faire parade de ce qu'on a vu dans ses voyages »), le non-dit d'un aveuglement : « les deux heureux résolurent de ne plus l'être » — car peut-on décider consciemment « de ne plus être heureux » ? Bref, le texte de « l'Eldorado » serait réglé sur le principe du leurre, sur la mise en spectacle d'une erreur.

L'observation des réalités du texte permet de repérer et de relever un certain nombre de phénomènes structurants (réseaux, séries, constantes, failles, transformations, etc.), sur lesquels exercer l'analyse, et qu'une interprétation générale doit enfin articuler et intégrer[1] :

1 / La visite s'ordonne en quatre phases, d'où quatre espaces, quatre temps, des passages et des relais, et au long d'une journée entière un certain trajet dans une société « eldoradienne » : la récréation matinale d'une école de village, le déjeuner à la table d'hôte d'un cabaret de campagne, une conversation instructive avec un vieillard retiré de la cour, un voyage à la capitale enfin, avec réception et souper chez le roi. Mais la fausse scansion des commentaires du héros nivelle le tout : c'est le même étonnement extasié, qu'il s'agisse de bons mots (XVIII, 142/*104*) ou de bonne religion (XVIII, 80/*57*). Le mouvement général d'intériorisation, depuis les impressions du premier contact jusqu'à la révélation des ressorts et des valeurs à l'œuvre, reste implicite, spectaculairement occulté par un discours à la fois candide et prudhommesque : « Il est certain qu'il faut voyager » (XVIII, 85/*61*). Pour le héros, du moins dans le temps de la visite, ce pays n'est qu'une Super-Westphalie, et par rapport à Pangloss, contradictoirement, un triomphe et un désaveu (XVII, 137-141/*104-107*; XVIII, 80-84/*58-61* et 146/*107*).

2 / Dès la première séquence, les personnages sont distanciés par le récit, qui donne à l'avance les informations (« petits

---

1. Observations et analyses sont ici rangées pour proposer un parcours interprétatif : cela n'implique ni priorité dans un ordre d' « évidence », ni primauté dans une hiérarchie de « sens ». Ces hypothèses de lecture une fois lues, « l'Eldorado » reste de toute façon, pour chaque lecteur, à lire.

gueux », « palets », « magister ») dont l'ignorance cause leur erreur (« fils du roi », or et diamants, « précepteur »). On peut lire « en souriant », donc du côté d' « Eldorado » (XVII, 79/*59*). L'erreur porte non sur la chose (les « palets » sont bien de l'or, des émeraudes, des rubis), mais sur la valeur et le sens des choses, donc sur l' « Eldorado » même.

3 / Le problème du *nom* est central. « Eldorado », dit et répète le double titre. Entre deux, la question réitérée est restée, dans l'histoire, sans réponse : « Où sommes-nous ? » et « Quel est donc ce pays ? » (XVII, 83/*63* et 134/*102*). Mais cette fois, l'information donnée à l'avance est elle-même distanciée par le texte, et le nom d' « Eldorado » se trouve soudain pris dans une sorte de tourniquet : l'aubergiste ignore la réponse, et il faut « le plus savant homme du royaume » (XVIII, 6/*3*) pour la retrouver dans l'obscurité de l'histoire ancienne — « les Espagnols ont eu une connaissance confuse de ce pays, ils l'ont appelé *El Dorado* » (34/*23*). Nulle part ailleurs « ce pays » n'est nommé dans le texte, non plus d'ailleurs qu'aucun de ses habitants autrement que par sa fonction. Autrement dit, Candide renouvelle l'erreur des conquistadores, et les deux titres proposent le même leurre à une lecture de « connaissance confuse ». Ce dispositif renvoie à un non-nommé, donc au jeu du texte : à la textualité d'une autre « connaissance ».

4 / « Ce pays » est thématisé comme *utopie* par son absolue clôture, par son mépris de l'or et de la cupidité, par l'innocence et la concorde des habitants, par la modestie et la simplicité du roi, etc. Pour le détail des motifs, une certaine surenchère peut-être, mais d'usage encore dans la tradition de l'Autre monde : les « filles de la garde », la politesse des « voituriers », l'admission du valet Cacambo au souper royal...

5 / Mais cette thématisation relève de la réécriture, et d'une réécriture qui abrège et élude. Les utopies, depuis l'Utopie archétype, étaient réglées à l'équerre et au cordeau, avec des horaires, des symétries, des hiérarchies. Rien ici sur la répartition des impôts, la modération des pouvoirs, l'ordre des fonctions, les programmes de l'enseignement, etc. De la « longue » conversation chez le vieillard, cinq sujets sont dits et éludés (XVIII,

44-46/*31-32*); des trente jours passés « dans cet hospice » (144/*106*), vingt-neuf sont sautés. Utopie non programmatique, donc utopie feinte peut-être, comme on a parlé de fiction feinte pour le récit entier : renverrait-elle aussi au réel d'une Histoire ?

6 / Prise par son *style*, cette réécriture distancie tout merveilleux, donc toute lecture candide encore. Saturation et subversion : le travail général du texte opère également ici. Poncif (« couverts ou plutôt ornés », XVII, 50/*37*), platitude (XVII, 91-92/*69-70* : « se faisait entendre... se faisait sentir... »), redondance (colibris, plumes de colibri, duvet de colibri, XVII, 104/*79*, XVIII, 19/*13* et 104/*77*); description retardée (XVII, 88/*66*), déconstruite (XVIII, 11-17/*6-11*) ou escamotée (98-101/*72-74*) : la mimésis utopique se dépense et s'épuise dans l'insignifiance molle de sa propre extase. Figure particulièrement insistante de cette facticité, le chiffrage est partout prodigué, hors de toute règle de lisibilité symbolique : il culminera dans un décompte final de moutons, que l'histoire relancée va tout aussitôt redécompter (XIX). Bref, le texte joue la focalisation *illusoire* d'un « Eldorado » tel que Candide et Cacambo le « virent ».

7 / Il y a pourtant, dans ces phénomènes de focalisation, une transformation générale très nette, lisible dans la série des syntagmes qui nomment les deux personnages. En gros, et pour simplifier, le texte passe d'une relation ambiguë et peut-être tendue, mi-contact, mi-distance — « nos deux hommes de l'autre monde », XVII, 61/*46* — au rapport le plus paradoxal, qui inverse l'étrangeté en naturalisant l'ailleurs : « ces deux hommes extraordinaires » (XVIII, 190/*141*). A l'ouverture de l'épisode, « un horizon immense, bordé de montagnes inaccessibles » (XVII, 47/*34*); c'est au contraire le départ des deux « vagabonds » qui fait « spectacle », quand ils sont « hissés, eux et leurs moutons, au haut des montagnes » (XVIII, 203/*150*) : le regard de la narration s'est déplacé, il semble s'attarder dans ce lieu *autre* qu'il a *investi*.

8 / Or ce renversement de la perspective focale paraît s'opérer, très précisément, dans l'entretien de Candide et du vieillard sur la religion de cet « Eldorado ». « Singuliers » jusqu'alors :

l'éclat des « palets » et la beauté des « Eldoradiens » (XVII, 52/*38* et 64/*48*); « singulières » ici (XVIII, 61/*43*) les « questions » qui méconnaissent l'évidence déiste. La religion naturelle se désigne ainsi, textuellement, comme le vrai *point de vue* d'où regarder les choses et le véritable foyer des valeurs : « l'or » de l'authentique Eldorado. (Ceci peut sembler enfantin ou bêtement « voltairien » : cela ne l'est plus quand on envisage le « déisme » comme ce qu'il pouvait être alors historiquement, un libéralisme de l'esprit, un dépassement œcuménique, au sens le plus large, des fanatisations et des totalitarismes anciens.)

9 / Réinscrite d'ailleurs dans sa série homologique, la réaction du vieillard est à la fois conforme et transgressive. Tous les habitants de « ce pays », comme lui, rient ou sourient des écarts de « l'autre monde » (XVII, 79/*59* et 118/*90*; XVIII, 69/*49* et 185/*137*); lui seul ici s'indigne, ironise (« Apparemment que... ») et « rougit » (deux fois), sans que rien le spécifie autrement comme personnage : autre indice d'un investissement majeur de la fiction pseudo-utopique.

10 / De même la fermeté du vieillard à soutenir le credo déiste inscrit un écart unique par rapport aux modesties « eldoradiennes », la sienne comprise, sur tous les autres points. L'aubergiste demande pardon pour ses moqueries, pour la « mauvaise chère » et pour son ignorance (XVII, 122/*93* et 128/*98*; XVIII, 4/*2*); le vieillard pour l'affaiblissement de ses forces et pour l'étrangeté des « usages du pays » (XVIII, 89-93/*64-68*); le roi même ne loue son « pays » que comme « passable » (163/*120*) : autre système textuel transparent, par où les absolus de la tradition utopiste se trouvent concentrés dans les *valeurs* précieuses et précaires de la religion naturelle préservée — d'une oasis déiste au milieu d'un monde déréglé.

11 / On pourrait ainsi lire « ce pays », à travers la déceptivité utopique, comme une simple allusion, frustrante mais centrale, aux possibles d'un APRÈS que visait et préparait le mouvement idéologique et politique dit des Lumières : *après* les fanatismes, *après* la laïcisation des pouvoirs, *après* la socialisation des finalités humaines, *après* la grande conversion du Salut à faire

en Bonheur à construire, etc., *quelque chose comme cela peut-être*. Sous l'utopie, une uchronie, un non-temps en attente de lieu.

12 / Relue sous cet angle, la séquence de l'entrée en « Eldorado » présente deux figures intéressantes : dans l'histoire, celle d'une radicalisation naturelle, d'une régression aux états primaires de la faim, de la peur et du besoin; dans le discours, celle d'un retard ou d'un report (« ils revirent le jour; mais... »), d'une lenteur à dire (trois « enfin » en vingt lignes) qui aménage une lisibilité d'impatience et de hâte. (Re-)naissance attendue et qui tarde : le texte mime la difficulté des temps et le désir d'un dépassement.

13 / L'épisode entier proposerait, non un système ou un programme, mais l'inscription fictionnelle de « valeurs » à la fois personnelles et sociales, parfaitement reconnaissables dans le contexte du grand discours des « Lumières », et particulièrement de sa vulgate voltairienne : application au réel (évacuation des métaphysiques), rapport pratique au monde (tous les « Eldoradiens » sont représentés dans des activités), légitimité déiste d'une vocation terrestre de l'homme (« Dieu nous a donné le vivre, note Voltaire dans ses *Carnets*, c'est à nous à nous donner le bien vivre »), solidarité et utilité sociales (éminente dignité du commerce, des techniques, des arts, de l'urbanisme...), engagement civique dans un gouvernement du bien commun (le régime politique dans « ce pays » est peut-être plutôt consensualiste que monarchique...), conversion enfin à l'œuvre nouvelle d'une « civilisation » de l'humanité — au sens dynamique originel. Si quelque chose des « Lumières », dans *Candide*, est quelque part inscrit positivement, c'est ici. On peut appeler les *-ismes* à la rescousse (« humanisme », « libéralisme »...); mais la fiction se donne à lire comme infra-idéologique : c'est précisément l'une des marques et des ruses des idéologies conquérantes — et l'absence de nom de « ce pays », la bonhomie facile des fascinations utopiques font justement signe aussi dans ce sens.

14 / Cet autre « Eldorado » échappe donc aux visiteurs : ils figurent encore ici, selon la logique générale de l'écriture, l'inscription fonctionnelle d'une mauvaise lecture. Il faut que Can-

dide demande à « voir » les prêtres du pays (XVIII, 68/*48*)
pour que l'absence visible de toute institution religieuse pro-
duise l'évidence d'un sens — évidence qu'il ne peut dire lui-
même que dans le strabisme du regard candide : « Ceci est
bien différent de la Westphalie... » (XVIII, 80/*58*). L'Eldorado
véritable, titres et utopisme subvertis, c'est... ce qu'ils *ne* virent
pas. L'incident final des « bons mots » du souper royal (XVIII,
138-143/*101-105*) emblématise tout ce processus : tout l'étonnement de Candide va aux apparences formelles de la traduction,
ce qui signifie bien, jusque dans le silence de la citation,
qu'aveuglé par la lettre il méconnaît l'esprit. Il aura pourtant
dit une fois son admiration : « Quel peuple! disait-il, quels
hommes! quelles mœurs! » — mais c'est à propos des Oreillons
(XVI, 138/*99*).

15 / Aussi le départ du héros est-il constitué en enjeu dramatique pour la suite de l'histoire : « Vous faites une sottise,
leur dit le roi » (XVIII, 161/*119*). Candide ne tire, de « ce
pays », que des moyens pour régénérer le triple rêve originel
(I, 62-71/*43-47*). Puissance : il achètera un royaume (mieux
qu'une baronnie). Passion : il reprendra Cunégonde au gouver-
neur (substitut du baron). Savoir total : il exhibera ses récits
de voyage (faisant ainsi l'économie d'un sens). Il le faut bien
pour que le conte se poursuive... Mais le texte inscrit d'avance
l'*échec* de ces projets d' « avoir », le donnant même à consommer
spectaculairement dans la lecture à venir : « les deux heureux
résolurent de ne plus l'être » (XVIII, 158/*117*) — phrase de
discours, notons-le bien, comme il en est peu dans ce livre,
et c'est dans ce discours qu'est dit un certain *bonheur* de l'Eldorado. C'est en héritiers que les protagonistes se constituent,
non en ouvriers de valeurs à promouvoir : rapport toujours
féodal au réel — et candide. La suite les en punit : de leurs
« cailloux » d'Eldorado, il ne restera, au terme de la course,
que de quoi acheter la petite métairie turque, et fonder ainsi
peut-être un nouveau rapport au monde.

16 / « Eldorado », c'est donc aussi, outre ces deux chapitres,
la mémoire que le texte en conserve (IND : Eldorado), et plus
exactement le(s) manque(s) dont il devient le signe. Au regret
de Thunder-ten-Tronckh tend à se substituer, jusqu'à le rem-

placer enfin, le regret de « l'Eldorado ». Regret souvent vague, il est vrai : d'un « Tout est bien » que s'obstine à viser le désir utopique. Mais plus concret parfois : d'une certaine qualité d'accueil ou de bonheur. Une fois même, la référence devient critique, engageant jugement et comparaison, dans un étrange adieu de Candide à Paris, ville-Lumières : « Ne pourrai-je sortir au plus vite de ce pays où des singes agacent des tigres ? J'ai vu des ours dans mon pays; je n'ai vu des hommes que dans le Dorado » (XXII, 376/279). Dans le discours généralement myope du personnage sur sa propre histoire, c'est une phrase étonnante, et pour l'accommodation du regard et pour l'amplitude du champ, et d'une telle plénitude d'expression. Vision et mot d'auteur peut-être, compensant d'un lumineux « J'ai vu » l'aveuglement des « ce qu'ils virent » ? C'est la lecture qu'on a essayé de produire ici.

Ni le miroir, ni le mirage d'un idéal, mais une pseudo-utopie, brève et lisse, allusive et frustrante. Provocante même : un anti-1758. A la face d'une Europe soi-disant civilisée, à l'adresse d'un monde inquiet et douloureux, l'ironie cinglante d'une sorte de repli sur des valeurs minimales. Ni un ailleurs, ni un nulle part : un autrement et un plus tard — un peut-être ? Du « jardin de Candide » à « l'Eldorado » ainsi lu, un certain rapport peut s'établir : ce sont les deux seuls lieux de toute l'histoire où s'accomplit un certain travail sur le réel, où s'élabore solidairement une pratique — les seuls où la terre soit, textuellement, « cultivée » (IND). Le « jardin » réécrirait, en la radicalisant, cette figure centrale d'un ordre humain à réinventer.

Bibliographie. — Sur l'Eldorado, les études les plus fouillées sont B 54 *bis* et B 59 ; voir aussi B 30, chap. V, B 33, *55-66* et B 48, *141-145*. — Sur l'utopie, et particulièrement au XVIIIᵉ siècle : Georges Benrekassa, *Le concentrique et l'excentrique* (Paris, 1980) ; Gilles Lapouge, *Utopie et civilisation* (Paris, 1978) ; *Modèles et moyens de la réflexion politique au dix-huitième siècle*, t. 2 : *Utopies et voyages imaginaires* (Lille, 1978) ; Raymond Trousson, *Voyages aux pays de nulle part. Histoire littéraire de la pensée utopique* (Bruxelles, 1979).

La réception de
Candide

L'auteur de La Henriade, *d'*Alzire, *de l'*Histoire de Charles XII *et de* Candide[1].

C'est actuellement l'œuvre de Voltaire la plus connue. Et connue même de gens qui ne l'ont pas lue, pour ce mot de la fin si souvent évoqué, cité en tous sens, et déjà entré dans les dictionnaires les plus courants. Un livre signature, à la fois best-seller et classique, auquel l'œuvre entière est identifiée. « Le-Candide-de-Voltaire », qui réveille M. Prudhomme dans le spécialiste : « Pour tout dire, Voltaire était déjà tout entier *Candide* dès sa naissance »[2]. A l'étranger, c'est probablement aussi l'un des tout premiers signes d'une identité littéraire et culturelle française. On a adapté *Candide* à la scène et à l'écran, on l'a monté en opéra-comique; il a souvent tenté les illustrateurs, de Paul Klee à Gus Bofa.

On peut s'interroger sur ce statut de « chef-d'œuvre » et sur une histoire des articulations successives du livre et de ses lectures. Objet de recherche complexe, on le devine, où interviennent des évolutions politiques et sociales, des transformations idéologiques (entre autres cette nébuleuse qu'on a appelée, au siècle dernier, le « voltairianisme »), mais aussi des facteurs économiques (les marchés du livre) et institutionnels (la mode, l'école). Mais

---

1. D 9831, Cideville à Voltaire, 18 juin 1761. Formule remarquable en ce qu'elle associe le tout récent « petit roman » aux titres consacrés de la grande œuvre poétique, tragique et historique. Implication évidente : *Candide* ira *aussi* à la plus lointaine postérité.
2. Jean Orieux, *Voltaire* (Paris, 1977), II, 131.

le dossier particulier de la réception de *Candide* n'est pas instruit, ni même matériellement constitué. D'où la prudence des hypothèses et des jalonnements.

Jusqu'à la fin du XVIII⁰ siècle, on l'a déjà noté dans les sections « Contextes » et « Genèse », *Candide* plaît et amuse, mais gêne aussi beaucoup. Mauvais livre assurément pour la morale et la religion : on dit « l'auteur de *La Pucelle*, de *Candide* et de l'*Epître à Uranie* », et l'on a tout dit. Livre peu avouable aussi, frivole, peu important en tout cas, dans le système littéraire des valeurs et des goûts dominants : on dit « depuis *La Henriade* jusqu'à *Candide* », et c'est situer à sa place le « petit roman », au pied du noble monument de l'œuvre voltairienne. Mais on le lit et on le relit, avec ses bigarrures, ses indécences et ses dérisions : des auteurs en mal de succès en font des « suites » ou des imitations[1]. Les Thunder-ten-Tronckh et le docteur Pangloss, le cri de guerre des Oreillons contre les jésuites, les scies optimistes et les naïvetés de Candide furent pendant deux ou trois décennies des références vivantes. Bref, ce fut d'abord un « classique » de ce que nous appellerions la « paralittérature », d'une production marginale, décloisonnée, atypique — mais que « l'auteur de *La Henriade* » alimenta par ailleurs abondamment dans une sorte de carrière parallèle : signe tangible des fragilisations de l'ordre officiel des normes et des règles.

On croit aussi déceler dès l'origine une première phase d'identification mythique de l'auteur et du livre. L'idée que « tout Voltaire » est là traverse au moins, avec un excellent rendement polémique, le discours des bien-pensants. Rançon du succès et du renom, sans doute. Mais il semble aussi que Voltaire lui-même s'y prêta et s'en amusa, mi-plaisir mi-provocation peut-être. Il lui arrive de se citer ou de se réécrire, adoucissant encore de « citrons confits »

1. Voir B 70-75.

la fin de *L'Ingénu* (1767), anglicisant « Pococuranté »
en « What-then » dans la *Princesse de Babylone* (1768). A
la fin de ce dernier conte, il maudit les « continuateurs
téméraires » qui ont osé, par leurs « fables », falsifier « les
vérités » enseignées dans *Candide*. D'autres références
directes apparaissent, dans une *Lettre de M. Clocpicre*
(1761), dans le *Dialogue de Pégase et du vieillard* (1774), etc.
Dans ses lettres aussi, et avec les inconnus comme avec
les intimes, il a souvent identifié les Délices ou Ferney
avec « le jardin de Candide », et ses activités locales de
bâtisseur et d'entrepreneur avec le « travail » du « jardin
cultivé ». Jusqu'à retourner même quelquefois par jeu
contre l'œuvre et l'action littéraires le précepte final du
conte — tentation fugitive peut-être, dans les moments
difficiles, confiée seulement aux fidèles, et toujours refusée,
de la retraite ou de la démission (D 11244, 11808, 12045,
15968, 17410, 18273).

En vue perspective, d'autres continuités paraissent
lisibles :

— Les interdits et les difficultés d'une morale ombra-
geuse, celle au nom de laquelle on voulut empêcher *Candide*
de s'imprimer à Kehl en 1780 ou d'entrer aux Etats-Unis
en 1929[1], et dont les effets, relayés des défenses religieuses
aux censures laïques, sont restés sensibles dans les textes
expurgés de certains livres encore récents : les jeunes
lecteurs du *Voltaire* (« d'après la méthode historique »)
de Louis Flandrin (1937) étaient avertis du « ton cru »
de ce conte avant d'en parcourir un résumé fort sage, et,
jusqu'à la réédition de 1985, les usagers du célèbre « La-
garde et Michard » pouvaient encore ignorer, en en lisant

---

1. Voir G. Bengesco, *Voltaire : bibliographie de ses œuvres*
(Paris, 1882-1890), IV, 114, et G. Lanson dans la *Revue d'histoire
littéraire*, t. 30 (1930), p. 451. Voir *Repères chronologiques*, p. 41,
à la date 1780.

les chapitres II et III, que les baguettes infligées à Candide soldat (p. 164) « depuis la nuque jusqu'au cul, lui découvrirent les muscles et les nerfs », et que les filles qui agonisent dans un village abare du champ de bataille (p. 165) ont été éventrées « après avoir assouvi les besoins naturels de quelques héros » — faut-il rappeler que *Candide* s'écrit et se lit *contre* de telles atrocités, et qu'il vaudrait mieux n'en rien citer que les omettre?

— La revendication de « l'esprit » du livre (et de tout Voltaire aussi bien, mais souvent sur l'exemplarité de *Candide*) comme « français » : vérité découverte d'abord dans une sorte de comparatisme éclectique (par le Stendhal de la *Vie de Rossini*, en 1831, par exemple), étayée puis défendue avec la bonne foi des nationalismes impatients (les « saletés » de *Candide*, après 1870, viennent évidemment d'une mauvaise influence de Frédéric II et de son entourage dévoyé), aiguisée enfin des puretés revanchardes (après 1900, il est impensable que Voltaire ait pu s'inspirer du *Simplicissimus* de Grimmelshausen);

— La promotion des « romans et des contes », tout au long du XIXᵉ siècle, dans les évolutions globales de la lecture du texte voltairien, et c'est ici le phénomène le plus important. On peut l'analyser comme la résultante de multiples facteurs : l'usure du système classique, par où se trouvèrent disqualifiées l'œuvre théâtrale et l'œuvre poétique, sans doute dès avant 1830-1840 (mais pour ces mêmes générations romantiques, *Candide* est une lecture blessante et douloureuse, et Voltaire l'homme « hideusement gai », comme a dit Chateaubriand); le déclassement ensuite, progressif mais largement accompli trente ou quarante ans plus tard, de l'énorme polygraphie militante des campagnes de réforme politique et judiciaire, de « tolérance » et d' « humanité », tous écrits que les « voltairiens » eux-mêmes ne lisent plus guère en s'y référant pieusement, et qui se reculent dans le temps si lointain de « l'Ancien

Régime », avec leurs circonstances oubliées, leurs enjeux encore actuels mais distribués et assumés autrement — la pertinence du polémiste s'est retournée contre lui. Dans ces curieux réaménagements de la lecture, entre l'embaume-ment des ouvrages de l'Immortel et l'évangélisation du *voltairianisme*, les « contes et les romans » attirèrent, au siècle du Roman et de la démocratisation du livre, des publics nouveaux et toujours plus larges : fortune heureuse, au fond, pour des « fables de philosophes », plus faciles, plus lisibles, plus immédiatement gratifiantes que le reste de l'œuvre. En 1878, l'année du centenaire, le journal *Le Bien public*, qui lance une édition popu-laire des *Œuvres choisies de Voltaire*, annonce le volume « Poésies » sans autre détail, mais donne les titres des six « Contes », ce qui est, en l'occurrence, les donner à *reconnaître* — et *Candide* vient en tête de la liste.

Quant à la carrière particulière de *Candide*, elle fut toujours brillante. Hugo, même dans sa jeunesse royaliste, en admirait « la prose de cristal »; Flaubert, en dépit de M. Homais, en fit l'un de ses cinq ou six modèles inté-rieurs, le lut cent fois et le traduisit en anglais pour le lire autrement : ces deux grands noms pour évoquer seulement l'importance d'une lecture lettrée qui, semble-t-il, élut ce conte entre les autres bien avant les premiers indices d'une faveur publique. L'entrée de *Candide* à l'Université est probablement déjà ancienne : la première édition cri-tique (B 1) date de 1913; plus récente son entrée à l'école, d'abord parmi ces « Extraits de Voltaire » prévus par les Instructions officielles, puis dans des versions abrégées et châtiées à partir de 1939, enfin en texte intégral, dans le cours des années 60, grâce à ces « livres de poche » que Voltaire en son temps nommait les « portatifs ». La première édition scolaire non expurgée de *Candide* en France parut en 1969 : deux petits siècles pour faire d'une « coïonnerie » un « classique ».

Bibliographie. — Recensions de 1759-1761 : B 64-69. — Recherches sur les adaptations et les imitations : B 70-71 et 73-75. — Voir aussi B 5, *76-85*. — La « Seconde partie » apocryphe de 1760 est réimprimée dans B 7, *315-366* ; cette même édition cite aussi de larges extraits de l'adaptation théâtrale de Serge Ganzl (B 72) et du *Candido* de Leonardo Sciascia (1977). — Pour la période 1795-1830, consulter André Billaz, *Les Ecrivains romantiques et Voltaire* (Lille, 1974) en deux volumes. — Sur Voltaire à l'école, on peut lire une tonique étude de Jean Sareil, « Le massacre de Voltaire dans les manuels scolaires », *Studies on Voltaire*, t. 212 (1982), *83-161* et un aperçu lumineux de Jean Ehrard, « Voltaire au lycée », *Les Cahiers de Varsovie*, n° 10 (1982), *135-143*.

Index

Aux entrées appelées dans le corps de cet ouvrage, on en ajoute quelques autres choisies pour leur intérêt et leur rendement dans une étude générale des phénomènes textuels. Pour les figures et les relations actantielles, on ne note ici que les principales entrées, en renvoyant pour plus de détail aux codifications de l'analyse (TAB).

Bibliographie

On abrège en *SV* l'indication de la collection des *Studies on Voltaire and the Eighteenth century* (Oxford).

ÉDITIONS DE « CANDIDE »

1. Edition critique par André Morize (Paris, 1913 et réimpr.).
2. Edition critique par René Pomeau (Paris, 1959 et réimpr.).
3. Edition critique par Christopher Thacker (Genève, 1968).
4. Edition critique par Jacques Van den Heuvel, dans *Voltaire, Romans et contes* (Paris, 1979, « Bibliothèque de la Pléiade »).
5. Edition critique par René Pomeau (*Les Œuvres complètes de Voltaire*, t. 48, Oxford, 1980).
6. « Univers des Lettres Bordas » (1969 et réimpr.).
7. « Texte et contextes (Magnard) » (1985).

Plusieurs des traductions anglaises comportent des introductions intéressantes : éd. Havens (New York, 1934) ; éd. Crocker (London, 1958) ; éd. Brumfitt (Oxford, 1968).

ŒUVRES DE VOLTAIRE

On peut conseiller comme utile la lecture d'autres textes de Voltaire :

8. La *Correspondance*, en particulier pour les années 1757-1758 (*Les Œuvres complètes de Voltaire*, t. 101-103, Oxford, 1971).
9. *Romans et contes* (Garnier-Flammarion, 1966 et réimpr.).
10. *Mémoires* (« Mercure de France », 1965 et réimpr.).
11. *Essai sur les mœurs* (Garnier, 1963) : chap. 151 sur l'Eldorado, 154 sur le Paraguay, etc.
12. *Poème sur le désastre de Lisbonne*, dans *Voltaire, Mélanges* (« Bibliothèque de la Pléiade », 1961, p. 301-309).

OUVRAGES SUR VOLTAIRE

13. André Delattre, *Voltaire l'impétueux* (Paris, 1957).
14. Gustave Lanson, *Voltaire* (Paris, 1906 et réimpr.).
15. André Magnan, « Voltaire » (*Dictionnaire des littératures de langue française*, Paris, 1984, III, 2481-2503).
16. Haydn Mason, *Voltaire* (Londres, 1975).
17. René Pomeau, *Voltaire par lui-même* (Paris, 1955 et réimpr.).
18. René Pomeau, *La religion de Voltaire* (Paris, 1956 et réimpr.).

19. René Pomeau, *Voltaire en son temps*, t. 3 : *De la cour au jardin, 1750-1759*, Oxford, à paraître.
20. Ronald Ridgway, *Voltaire and Sensibility* (Montréal, 1973).

APPARTENANCE GÉNÉRIQUE ET AFFINITÉS FORMELLES

21. Yvon Bélaval, Le conte philosophique, *The Age of the Enlightenment. Studies presented to Theodore Besterman* (Edinburgh-London, 1967), 309-317.
21 bis. Joseph Bianco, *Zadig* et l'origine du conte philosophique, *Poétique*, 28 (novembre 1986), 443-461.
22. Henri Coulet, *Le roman jusqu'à la Révolution* (Paris, 1967-1968, deux vol.). A consulter pour les repères de typologie narrative.
23. Henri Coulet, La distanciation dans le roman et le conte philosophiques, *Roman et lumières au XVIIIe siècle* (Paris, 1970), 438-448. Etude claire d'une notion importante.
24. Nicole Gueunier, Pour une définition du conte, *ibid.*, 431-438. Des données précises.
25. Angus Martin, *Anthologie du conte en France, 1750-1799, Philosophes et cœurs sensibles* (coll. « 10-18 », 1981).
26. Georges May, *Le dilemme du roman au XVIIIe siècle* (Paris, 1963). Etude non remplacée des tensions sociologiques et idéologiques de la production des « romans ».
27. Vivienne Mylne, *The Eighteenth-Century Novel : Techniques of illusion* (Manchester, 1965, réimpr. 1980).
28. Jean-Michel Raynaud, Mimésis et philosophie : approche du récit philosophique voltairien, *Dix-huitième siècle*, X (1978), 405-415. Touche un point central.
29. France Vernier, Les disfonctionnements des normes du conte dans *Candide*, *Littérature*, 1971, 15-29.

ÉTUDES GÉNÉRALES SUR « CANDIDE »

30. W. F. Bottiglia, *Voltaire's Candide. Analysis of a classic*, *SV* 7 (puis 7A), 1959 (1964).
31. Pierre-Georges Castex, *Voltaire : Micromégas, Candide, L'Ingénu* (Paris, 1959 et réimpr.).
31 bis. Pierre Ducretet, *Voltaire, Candide : Etude quantitative, dictionnaire de fréquence, index verborum et concordance* (Toronto, 1974).
32. Jean Goldzink, *Roman et idéologie dans Candide* (Paris, 1982). Etude importante.
33. Jean Sareil, *Essai sur Candide* (Genève, 1967). Stimulant.
34. Jacques Van den Heuvel, *Voltaire dans ses contes* (Paris, 1967). Les contes comme « confidences déguisées ».
35. Ira O. Wade, *Voltaire and Candide* (Princeton, 1959).

L'ARTICULATION HISTOIRE/TEXTE

36. W. H. Barber, L'Angleterre dans *Candide*, *Revue de littérature comparée*, t. 37 (1963), 202-215.
37. Theodore Besterman, Voltaire et le désastre de Lisbonne ou la mort de l'Optimisme, *SV*, t. 2 (1956), 7-24.
38. Jacques Decobert, Les missions jésuites du Paraguay devant la philosophie des Lumières, *Revue des sciences humaines*, t. 149 (1973), 17-46.
39. René Pomeau, La référence allemande dans *Candide*, *Voltaire und Deutschland* (Stuttgart, 1979), 167-174.
40. André-Michel Rousseau, Voltaire et l'affaire Byng, *Revue de littérature comparée*, t. 34 (1960), 261-273.

GENÈSE ET PUBLICATION

41. J. H. Broome, Voltaire and Fougeret de Monbron. A *Candide* problem reconsidered, *Modern Language Review*, t. 55 (1960), 509-518.
42. Jean-Daniel Candaux, La publication de *Candide* à Paris, *SV*, t. 18 (1961), 173-178.
43. R. A. Leigh, From the *Inégalité* to *Candide* : notes on a desultory dialogue between Rousseau and Voltaire (1755-1759), *The Age of the Enlightenment...* (1967), 66-92.
44. André-Michel Rousseau, *L'Angleterre et Voltaire (1718-1789)*, *SV*, t. 145-147 (1976), III, 609-623.

REPRÉSENTATION, NARRATION, FICTION

45. Michel Bellot-Antony, Les formes stylistiques de la satire dans *Candide*, dans H. Baader, *Onze études sur l'esprit de la satire* (Tübingen-Paris, 1978), 103-134.
46. Henri Coulet, La candeur de Candide, *Annales de la Faculté des Lettres et Sciences humaines d'Aix-en-Provence*, t. 34 (1960), 87-99.
47. J.-F. Halté, R. Michel et A. Petitjean, *Candide* : analyse textuelle pour une application pédagogique, *Pratiques*, nos 3-4 (1974), 93-128 ; 5 (1975), 95-135 ; 6 (1975), 75-106.
48. Roger Laufer, *Candide* : joyau du style rococo, *Australian Journal of French studies*, 1964, 134-145.
49. Anne-Marie Perrin-Naffath, Un exemple de parodie d'écriture. Les « contes et romans » de Voltaire, *Eidôlon*, 13 (1980), 277-299.
50. Marianne Petersen, Le rôle de l'objet dans *Candide*, *Etudes sur le XVIIIᵉ siècle* (Bruxelles, 1981), 83-94.
51. Jean Sareil, *L'écriture comique* (Paris, 1984).
52. Jean Starobinski, Sur le style philosophique de Candide, *Comparative Literature*, t. 28 (1976), 196-202.

LES LECTURES IDÉOLOGIQUES, L'ELDORADO, LE JARDIN

53. J.-M. Apostolidès, Le système des échanges dans *Candide*, *Poétique*, 48 (1981), 449-458.

54. W. H. Barber, *Leibniz in France from Arnauld to Voltaire : a study of French reaction to Leibnizianism (1670-1770)* (Oxford, 1955).

54 bis. Roger Barny, A propos de l'épisode de l'Eldorado dans *Candide* (littérature et idéologie), *Annales littéraires de l'Université de Besançon*, t. 141 (1973), 11-43.

55. Dennis Fletcher, *Candide* and the philosophy of the garden, *Trivium*, 13 (1978), 18-30.

56. Claude Galtayries, Voltaire, *Candide* et l'argent, *Littérature*, n° 15 (1974), 126-128.

57. Michel Gilot, Fonctions de la parole dans *Candide*, *Littératures* (Toulouse), n° 9-10 (1984), 91-97.

58. Jean Goldzink, Roman et idéologie dans *Candide* : le jardin, *La Pensée*, 155 (1971), 78-91.

59. Jean-Marie Goulemot, Ecriture et lecture de l'ailleurs : l'Eldorado ou le fusil à deux coups des ingénus qui feignent de l'être, *Revue des sciences humaines*, t. 155 (1974), 425-440.

60. David Langdon, On the meaning of the conclusion of *Candide*, *SV*, t. 238 (1985), 397-432.

61. Roger Mercier, La notion de travail dans les contes de Voltaire, *La littérature des Lumières en France et en Pologne* (Varsovie, 1976), 57-70.

62. Pierre Naudin, *Candide* ou le bonheur du non-savoir, *Mélanges Vier* (Paris, 1973), 625-639.

63. Jean Starobinski, *Candide* et la question de l'autorité, *Essays on the Age of the Enlightenment (Mélanges Wade)* (Genève-Paris, 1977), 305-312.

RÉCEPTION DE « CANDIDE » (1759-1761)

64. *Correspondance littéraire*, 1er mars 1759 (éd. Tourneux, Paris, 1877-1882, IV, 85-88).

65. *L'Année littéraire*, 1759, t. II, 203-210.

66. *Journal encyclopédique*, 15 mars 1759, 103-123.

67. *L'Observateur littéraire*, 1759, t. II, 117-127.

68. [Claude-Marie Guyon], *Suite de l'Oracle des nouveaux philosophes* (Berne, 1760), 3-63.

69. Georges-Louis de Baar, *Babioles littéraires*, 2e éd. (Hambourg, 1761, 2 vol.), I, 97-106.

ADAPTATIONS ET IMITATIONS DE « CANDIDE »

70. Jean Emelina, *Candide* à la scène, *Revue d'histoire littéraire de la France*, t. 81 (1981), 11-23.

71. Isabelle Fontaine, Paul Klee : six études inédites pour *Candide*, *Revue de l'art*, t. 12 (1971), 86-88.
72. Serge Ganzl, *Candide. L'avant-scène*, n° 617 (1977).
73. J. Rustin, Les suites de *Candide*, *SV*, t. 90 (1972), 1395-1416.
74. Christopher Thacker, Son of *Candide*, *SV*, t. 58 (1967), 1515-1531.
75. Jeroom Vercruysse, Les enfants de *Candide*, *Essays on the Age of the Enlightenment (Mélanges Wade)*, 369-376.

BIBLIOGRAPHIES

76. Mary-Margaret H. Barr, *Quarante années d'études voltairiennes* (Paris, 1968).
77. Haydn Mason, Voltaire's *Contes* : An *état présent*, *Modern Language Review*, t. 65 (1970), 19-35.

On peut aussi se reporter à B 5, *269-275*.

Imprimé en France
Imprimerie des Presses Universitaires de France
73, avenue Ronsard, 41100 Vendôme
Novembre 1987 — N° 32 877